LE FANTÔME DU FAUTEUIL 32

DU MÊME AUTEUR

L'Un pour l'autre, Galilée, 1999, Folio, 2001
Lettre d'une amoureuse morte, Flammarion, 2000, Folio, 2002
Les Fleurs du silence, Flammarion, 2001, Folio, 2004
L'Ange de la dernière heure, Flammarion, 2002, Folio, 2005
Lumière invisible à mes yeux, Éditions Léo Scheer, 2003
Le Rêve de Balthus, Fayard-Léo Scheer, 2004, Folio, 2007
Le Cercle de Megiddo, Éditions Léo Scheer, 2005, Le Livre de Poche, 2007
L'Ombre des Autres, Éditions Léo Scheer, 2006
Journal intime, Éditions Léo Scheer, 2007
Le Chemin des sortilèges, Éditions Léo Scheer, 2008
Claude, Éditions Léo Scheer, 2009
Car ceci est mon sang, Éditions Léo Scheer, 2010

www.leoscheer.com

NATHALIE RHEIMS

LE FANTÔME DU FAUTEUIL 32

roman

Éditions Léo Scheer

À Léo Scheer

Premier épisode

Un Noël à Venise

J'avançais à tâtons dans les lueurs de Venise, engourdie par le froid humide et pénétrant de cette veille de Noël. Une brume épaisse restait depuis l'aurore accrochée à la lagune. À la recherche d'un cadeau pour mon père, j'avais fini par me perdre dans l'enchevêtrement des ruelles, et je rentrais bredouille.

Avançant à pas lents sur la place San Giovanni e Paolo qui me terrifiait depuis l'enfance, je finis par voir surgir l'impressionnante statue du Colleone de Verrocchio, perché sur son cheval, prêt à conquérir le monde. Il me renvoyait à la vision minuscule que j'avais de moi-même durant ces années où, invariablement, le rituel de Noël recommençait, entre mon père et ses confrères de l'Académie.

Ils étaient là tous ses « chers amis », exactement les mêmes que ceux qui se précipitaient chaque dimanche soir dans le salon de Maurice, faubourg Saint-Honoré ; mais à Venise, disait-il, ce n'était pas pareil.

Mon père adorait l'Académie française comme un enfant aime ses jouets, et la régression propre aux réjouissances de fin d'année lui permettait de profiter pleinement de ce penchant puéril. J'avoue que pour ma part je ne voyais pas bien la différence, et je subissais, à la fois amusée et stoïque, ce scénario répétitif d'un jour sans fin, cette sorte de fête de la marmotte.

Quand je passais en revue l'aréopage de membres éminents de l'Institut et de redoutables jurés des principaux prix littéraires réunis par Maurice, j'étais prête à me laisser décourager, à prendre la fuite, mais pour aller où ?

J'aimais mon père plus que tout, et l'idée d'accompagner ses jours suffisait à me rendre heureuse.

Je repris des forces en prononçant à voix basse le titre d'un livre d'un de ses illustres copains qui me donnait à chaque fois envie d'éclater de rire – mais je me reprenais toujours : *En avant, calme et droit*.

Sans chercher plus loin, j'entrai d'un pas décidé dans la première boutique venue, où j'achetai un de ces cahiers à la couverture mordorée, avec un beau papier, qui se fermaient à l'aide d'une lanière de cuir.

Mon père, qui écrivait à la main, m'avait confié la veille avoir du mal à commencer son nouveau livre.

Je lui offrirais donc ce cahier comme un talisman propre à conjurer l'angoisse de la page blanche.

J'étais en retard, je me précipitai dans la ruelle, le long d'un canal, au bout de laquelle se trouvait notre appartement. Les pièces en étaient démesurées, très sombres ; j'avais toujours trouvé cet endroit sinistre. J'y dormais mal, persuadée d'entendre toute la nuit des craquements du plancher, que j'imaginais provoqués par les fantômes des sept cent soixante-dix-sept membres qui avaient été élus dans cette noble confrérie, depuis Valentin Conrart, leur premier secrétaire perpétuel, que certains espiègles appelaient « le bien nommé ».

Une date au-dessus de l'entrée de l'appartement, *16 janvier 1635*, avait été déterminante dans le choix par Maurice de cet endroit pour ses nombreux séjours vénitiens.

Il aimait les signes, surtout ceux qui lui étaient envoyés par des objets. Celui-ci lui avait semblé très fort, puisqu'il s'agissait, ni plus ni moins, de la création de la noble institution par Richelieu, d'autant qu'il était arrivé au moment même où Maurice s'interrogeait, poussé par ses amis, sur l'opportunité de se présenter. Il y avait vu comme un encouragement adressé par le dieu des Immortels à son désir d'en être. Il est vrai que certains confrères malveillants firent courir le bruit qu'il l'avait fait peindre, prenant soin de lui donner une patine ancienne.

Ayant déposé mon petit paquet au pied du sapin, près de la fenêtre, j'ouvris la porte de la salle à manger derrière laquelle j'entendais les clameurs de la joyeuse bande, qui aimait prolonger le goûter en bavardages et ragots divers.

Ils m'accueillirent comme toujours avec une gentillesse condescendante, cependant teintée d'une réelle affection pour la sorte de mascotte que j'étais devenue au fil du temps, seule enfant tolérée dans ce cercle et même autorisée à prendre la parole à table, puisque fille du maître des lieux. Certains d'entre eux m'avaient vu naître, Maurice m'ayant souvent traînée avec lui lors de ses visites académiques ; j'avais sauté sur leurs genoux dès ma plus tendre enfance.

Ce dîner de Noël fut particulièrement enjoué. Maurice avait accroché au coin de ses lèvres le sourire malicieux qui en faisait à mes yeux le plus irrésistible des hommes.

Puis il y eut la cérémonie des cadeaux.

Maurice me prit à l'écart pour me dire qu'il ne souhaitait pas m'offrir le mien, le « vrai » ajouta-t-il, devant les autres, en particulier sa chérie officielle, non plus d'ailleurs que devant les précédentes, c'est-à-dire à peu près toutes les femmes présentes. Car l'idée que je puisse recevoir un cadeau de grande valeur les rendrait jalouses et alimenterait leurs revendications.

Je ne pouvais m'empêcher de penser à la paire de chaussettes rouges qu'il recevait chaque année de celle à qui il offrait de magnifiques bijoux, selon un ordonnancement très précis respectant la hiérarchie des dames de sa vie, ainsi que leurs capacités de nuisance et de dissuasion : « Bague à Dine, à Chine, bague à Suzette et Suzon, bague à Célimène, diamant à la du Maine… »

Je le rejoignis discrètement dans sa chambre, m'attendant à recevoir une de ces vanités de Codognato qui m'obsédaient, une bague tête de mort, un pendentif en forme de cercueil.

Il me tendit un paquet plat, qui ressemblait fort à celui que je venais de lui offrir : était-ce un cahier aux pages blanches pour m'aider à trouver l'inspiration ? Cela ne lui ressemblait guère. J'arrachai rapidement le papier, de peur que nous ne soyons surpris par l'une de ces dames. Je découvris un livre joliment relié de cuir bleu avec des lettres gravées à l'or fin : *G.L. L.F.H.*, et une date : *1910*. Je l'ouvris. C'était un manuscrit.

Nous entendîmes des pas qui s'approchaient ; il plissa les yeux, ce qui voulait dire qu'il me ferait comprendre plus tard le sens de ce cadeau et qu'en attendant il fallait que je l'emporte vite dans ma chambre, aussi discrètement que possible, et que je le cache bien.

Je courus m'enfermer à clef. Allongée sur le lit, je me plongeai dans le manuscrit. Une petite note écrite au crayon annonçait qu'il s'agissait de la toute première version manuscrite de ce qui deviendrait le fameux *Fauteuil hanté* de Gaston Leroux.

L'ouvrage était paru en six épisodes mensuels dans *Je sais tout*, au cours de l'année 1909. Gaston Leroux avait, pour d'obscures raisons, utilisé dans ce premier jet de vrais noms d'académiciens. Il les avait barrés au crayon, notant en marge des noms imaginaires.

Il me fallait découvrir les clefs d'un tel jeu. Pourquoi ne pas avoir d'emblée utilisé dans ces pages les noms attribués aux personnages de la fiction ?

Le lendemain matin, jour de Noël, je me précipitai à la librairie française, à deux pas de chez nous, sur cette même place San Giovanni e Paolo, que les Vénitiens ont rebaptisée San Zanipolo, repassant devant Bartolomeo Colleoni, toujours aussi hautain sur son cheval.

Cette petite librairie tenue par un Français constamment plongé dans les livres était connue de tous les Français de Venise. Ses clients étaient éblouis par la culture du maître des lieux, de même que par son épouse italienne, qui semblait tout droit sortie d'un portrait de Burne-Jones. Ils avaient eu les honneurs de l'émission de Bernard Pivot « Double jeu », ce qui avait contribué à faire de leur échoppe un haut lieu.

Miracle, le rideau de fer était levé ; le couple avait sans doute pensé aux quelques retardataires qui auraient besoin d'acheter des livres ce matin-là. Fébrile, je demandai au libraire *Le Fauteuil hanté* de Gaston Leroux, persuadée qu'il me proposerait de le commander, et qu'il me faudrait attendre au moins quatre ou cinq jours avant de le recevoir.

Or, je le vis écarquiller les yeux. Il se tourna lentement, tendit le bras vers un livre de poche usagé qu'il posa devant moi sur son bureau.

— C'est incroyable, me dit-il, je viens d'en terminer la lecture. Mais je ne peux pas vous le vendre ; regardez dans quel état je l'ai mis.

— Quelle coïncidence, lui dis-je, fascinée par ce petit livre défraîchi, écorné, par cette couverture jaunie ornée de la Coupole de l'Académie française, avec au premier plan une tête de mort.

Je me retins de le supplier de me le vendre.

— Une coïncidence, reprit-il, pas vraiment si on y pense, avec la présence de votre père dans le quartier et le défilé de ses illustres confrères venus lui rendre visite. Et puis, adolescent, je dévorais Gaston Leroux, *Le Mystère de la chambre jaune*, *Le Parfum de la dame en noir*, ses livres me rappellent des souvenirs délicieux. Je ne pouvais que m'intéresser à cet ouvrage.

Le libraire me regardait en plissant ses yeux verts tirant sur le jaune ; on aurait dit un faune.

Afin de ne pas me transformer en cambrioleuse, je fis un tour de la librairie, l'air détaché, et finis par choisir un beau livre consacré au *Cycle de sainte Ursule* de Carpaccio. C'était probablement un des ouvrages les plus chers de son fonds.

Je vis alors pour la première fois un sourire apparaître sur le visage du libraire, qui se lança dans un cours magistral sur les tableaux de Carpaccio et sur l'Ordre de sainte Ursule qui les avait commandés au peintre.

— À l'origine, précisa-t-il, ces toiles et cette confrérie étaient là, juste en face de ma boutique, dans un bâtiment jouxtant la basilique, qui aujourd'hui n'existe plus.

Il voyait bien que j'étais ailleurs, perdue parmi les petits hommes verts, obnubilée par son livre de poche usagé. Il me fit un paquet – le temps me semblait interminable –, puis il glissa le gros livre d'art dans un sac en papier portant le logo de la librairie et m'accompagna jusqu'à la porte. Au moment où je franchissais le seuil, la mort dans l'âme, je l'entendis murmurer :

— Si vous restez là quelques jours, je peux vous le prêter.

J'aurais pu l'embrasser. Je fis demi-tour et me saisis du *Fauteuil hanté* sur son bureau. Il eut le temps de marmonner :

— C'est une drôle d'histoire quand même.

À mon retour, tout le monde était réveillé, habillé, prêt pour le petit déjeuner. Ils tenaient tous à être très élégants, sur un modèle fixé par l'une de ces dames, la baronne de Cerisy, qui avait autorité sur ce sujet, comme sur beaucoup d'autres, et se mettait en colère dès qu'elle apercevait l'un des membres du clan dérogeant à la règle.

L'uniforme était : costume de flanelle grise, chemise bleue et cravate d'Hilditch en tricot noir. Rompez.

Il régnait une grande agitation dans la maison, dont la cause était la disparition subite de tous les briquets qui la veille étaient encore bien là, et en très grand nombre. Il faut dire que ces messieurs fumaient le cigare et qu'il régnait dans l'appartement un mélange d'odeur de tabac froid et d'Habit rouge de Guerlain.

Michel Vivand avait été promu à l'unanimité au rang de colonel Moutarde et chargé de l'enquête. Il s'obstinait à refuser de porter l'uniforme établi par la baronne, préférant une tenue plus anglaise qui convenait mieux à son teint cuivré et à sa divine moustache digne de celle d'un inspecteur de Scotland Yard. Prenant sa mission très au sérieux, il soumit tout le monde à la question.

Son épouse, qui semblait avoir une idée précise, lui glissa à l'oreille le nom de l'objet de ses suspicions. Il se mit aussitôt à lui hurler dessus ; il hurlait toujours sur sa malheureuse femme, n'importe quand, à n'importe quelle heure, ce qui contrastait avec l'extrême douceur de sa moitié, particulièrement chic, discrète, qui avait la grâce et la fragilité d'une petite souris.

— Comment pouvez-vous proférer de pareilles bêtises ?

Michel Vivand savait bien qu'elle disait la vérité, mais « cela ne se fait pas ».

L'histoire était simple. Il était de notoriété publique que l'épouse du plus grand critique littéraire, surnommé Grand Manitou, qui faisait et défaisait les carrières de ce petit monde, par ailleurs une adorable personne qu'on appelait Lolotte, était cleptomane. Il suffisait donc au colonel Moutarde d'aller dans sa chambre pour retrouver tous les briquets, les rapporter sur la table de la salle à manger, et l'affaire était close. Mais « cela ne se fait pas ». Il fallut donc feindre de chercher partout.

Je profitai de ce que tout le monde fût ainsi occupé pour aller dans ma chambre comparer l'édition de poche de Gaston Leroux avec le manuscrit. Je découvris que les noms des principaux personnages étaient bien les noms imaginaires qu'il avait ajoutés en marge. Il se confirmait que Leroux avait transformé les vrais noms d'académiciens au moment de la publication.

J'étais plongée dans des abîmes de réflexion. Plus je pensais à ce cadeau, plus cela s'embrouillait dans ma tête.

Lorsque je rejoignis le cénacle des petits hommes verts et de leurs épouses, ils étaient passés à table pour un petit déjeuner tardif. Mais il fallait se dépêcher, car Michel Vivand ne voulait à aucun prix rater la messe de Noël en grégorien qu'il chantait en compagnie de frères en robe de bure, le visage dissimulé dans de profondes capuches. Ces moines appartenaient à la communauté de San Giorgio, et cette messe était leur seule sortie annuelle.

Il faisait un froid hypnotique, et l'humidité traversait les tissus. Chacun savait que l'autre motivation de notre colonel Moutarde était de faire, après la messe, un détour au Florian pour se réchauffer avec du punch à l'orange, après quoi il entonnerait d'autres chansons, souvenirs de son enfance bretonne, des chansons à boire. Ses origines celtiques lui avaient permis de s'initier aux deux.

Je profitai du mouvement général que provoqua son départ pour inviter Maurice à me rejoindre dans ma chambre aux murs tapissés de vieilles toiles représentant des vues de Venise, afin de parler avec lui de son mystérieux cadeau.

Lorsqu'il m'eut rejointe, je commençai par lui dire le plaisir que m'avait procuré ce présent de grande valeur ; j'ajoutai que ma surprise avait été grande. Nous étions allés, dès notre arrivée, chez celui que je considérais comme l'empereur de la lagune, Attilio Codognato, l'héritier d'une dynastie de bijoutiers, qui nous avait montré dans sa boutique en forme d'écrin une bague avec un cabochon d'onyx représentant un cercueil ; elle était dotée d'un mécanisme qui, en une pression, faisait apparaître un squelette.

Il était si manifeste que je désirais cet objet, que je m'étais attendue à le recevoir. Pour les bijoux d'Attilio, j'étais prête à tout. Il m'arrivait parfois, la nuit, de faire un rêve étrange. J'avais faim, et pour calmer cette sensation, j'avalais ces bagues en émail figurant des vanités. Ce manuscrit, aussi extraordinaire fût-il, représentait donc pour moi une frustration.

Sans dire un mot, Maurice sortit de la poche de sa robe de chambre de soie parme une petite boîte en velours, et la posa sur mes genoux. Je l'ouvris ; la bague-cercueil s'y trouvait. J'enlaçai mon père, prise d'une irrésistible envie de pleurer, mais avec Maurice, jamais d'effusion.

Il s'écarta légèrement et, assis en face de moi sur le lit, me demanda d'écouter attentivement ce qu'il avait à me dire. Il me fit promettre de cacher le manuscrit dans un coffre, de ne le sortir qu'après sa mort ; je devrais alors le lire afin d'en découvrir le secret.

— Ces lignes seront ton guide, reprit-il, pour exécuter mes volontés académiques ; tu y découvriras de nombreuses variantes par rapport au texte qui fut finalement publié sous le titre *Le Fauteuil hanté*.

Il attira en particulier mon attention sur ce que j'avais déjà découvert au premier coup d'œil : les noms des personnages de Gaston Leroux. Je trouverais aisément ceux des académiciens ayant servi de modèles aux candidats qui, dans le roman, se présentent au fauteuil d'un certain monseigneur d'Abbeville, Maxime d'Aulnay, Jehan Mortimar et Martin Latouche.

Ce qui était à la fois cocasse et tragique dans le récit, c'était leur disparition subite et mystérieuse. Ainsi, Jehan Mortimar, capitaine de vaisseau, auteur de *Voyage autour de ma cabine*, et Maxime d'Aulnay, le poète des *Parfums magiques*, étaient foudroyés alors qu'ils prononçaient leur discours de réception sous la Coupole. Le troisième, Martin Latouche, érudit compilateur d'une *Histoire de la musique* en cinq volumes, mourait brutalement la veille de la cérémonie.

Il se trouve que Maurice, dans le cadre de ses fonctions de commissaire-priseur, avait été choisi par les héritiers après la mort de la veuve de Gaston Leroux, Jeanne Cayatte, en février 1962, pour être l'expert de la succession, et aider son gendre Pierre Lépine à créer la Fondation du Cercle Gaston Leroux. Ce qui fut fait le 1er avril 1976, deux mois avant l'élection de Maurice à l'Académie française.

Les héritiers Leroux lui avaient proposé dès le début de sa mission, comme rémunération de sa tâche, un manuscrit auquel Gaston attachait une grande importance, interdisant même à sa famille de le lire : *Le Fauteuil hanté*.

Maurice s'était mis à décrypter les nombreux secrets que révélait ce document. Il lui apparut qu'un fauteuil réel avait servi de modèle à Leroux et qu'une malédiction pesait sur ceux qui s'en approchaient. Il ne tarda pas à découvrir qu'il s'agissait du 32e fauteuil.

La malédiction avait commencé le 8 août 1788, un an avant la Révolution française, date de la mort, à 92 ans, de Louis François Armand Jean de Vignerot du Plessis de Richelieu, l'arrière-petit-neveu du cardinal de Richelieu, qui était, comme chacun le sait, le fondateur de l'Académie française. L'arrière-petit-neveu mena une vie de débauche si scandaleuse que le roi Louis XV, pourtant connu pour sa largesse d'esprit, avait dit de lui : « Si Monsieur de Richelieu avait quatre têtes, j'aurais dans ma poche de quoi les faire couper toutes les quatre », ajoutant : « si seulement il en avait une ».

Ce Richelieu-là, symbole de la décadence de l'Ancien Régime, fut élu à l'unanimité, le 25 novembre 1720, au fauteuil 32, bien qu'il sût à peine lire et écrire. Il fit rédiger par Fontenelle un discours de réception dont le style fut considéré par tous comme affecté, prétentieux et plein de fautes de goût. Ceci n'empêcha pas le duc d'exercer, comme son illustre nègre, une très grande influence sur cette institution.

Gaston Leroux s'inspirera de l'arrière-petit-neveu de Richelieu pour le personnage principal du *Fauteuil hanté*, M. Lalouette, brocanteur, auteur d'un livre sur l'encadrement. Il sera le seul, après la mort mystérieuse de ses trois prédécesseurs, à avoir le courage de se porter candidat à l'élection au fauteuil maudit, car plus personne n'en voudra, ce qui commencera à mettre en péril cette assemblée d'Immortels.

Lalouette réussit brillamment sa visite auprès du secrétaire perpétuel, maître Hippolyte Patard, et impressionna ses futurs collègues par son érudition. L'Académie était sauvée.

Il fut quand même obligé d'avouer son secret à Hippolyte Patard : il ne savait ni lire ni écrire. Le perpétuel hésita à prendre le risque : un illettré sous la Coupole ! Si la chose s'ébruitait… se disait-il tout en s'interrogeant sur l'immense culture de son candidat.

Le secret de son savoir reposait sur Mme Lalouette, son épouse, qui lui lisait les vingt-deux mille sept cents pages du *Grand Dictionnaire universel du XIXe siècle* de Pierre Larousse. L'exceptionnelle mémoire de Lalouette lui permettait de tout graver dans son esprit, et ainsi de donner le change dans les dîners en ville.

Cet aspect avait follement amusé Maurice qui avait raté son certificat d'études, quittant l'école à 15 ans pour devenir commis chez un bouquiniste. Lui aussi était passionné par la lecture de Pierre Larousse, dont les dix-sept volumes jonchaient son bureau.

Un nouvel horizon s'ouvrait devant lui. En déchiffrant le manuscrit, Maurice avait compris que *Le Fauteuil hanté* n'était pas qu'une fiction, qu'il s'agissait d'un roman à clefs, et qu'une véritable malédiction pesait sur ceux qui voudraient se porter candidats à ce fauteuil. En l'analysant de plus près, il en avait déduit que ce sortilège frappait exclusivement ceux qui étaient bardés de diplômes.

Lorsque son ami Robert Aron lui confia son désir de se présenter à ce fauteuil, Maurice hésita à lui faire part de ses craintes, qui pouvaient apparaître comme des sornettes. Il avait rencontré Robert Aron dans les années trente. C'était Jean Jardin qui le lui avait présenté. Après la guerre, ce dernier ayant entre-temps été le directeur de cabinet de Pierre Laval, Maurice et Robert, juifs tous les deux, et qui avaient participé au débarquement dans le Sud de la France, considérèrent que Jardin était devenu infréquentable.

Pourtant – il y avait chez Maurice de curieuses contradictions, il se définissait lui-même comme un entomologiste de l'âme humaine –, il devint proche de nombreux futurs confrères dont l'appartenance à la collaboration et l'antisémitisme étaient de notoriété publique. Robert et Maurice étaient un peu « leurs Juifs ». Cela dit, les liens qui unirent mon père à Paul Morand me semblèrent toujours sincères et profonds.

Après mûre réflexion, Maurice surmonta sa peur du ridicule, et tenta de prévenir Robert Aron des risques qu'encourait un agrégé de lettres tel que lui à se présenter au fauteuil 32.

Aron, qui était avant-guerre l'un des leaders du mouvement Ordre nouveau, chantre du personnalisme et grand fervent du surréalisme, aurait-il pu prendre cet avertissement au sérieux ? Il fut amusé par cette histoire, remercia Maurice pour ses conseils de prudence, se présenta et fut élu le 7 mars 1974.

Sa réception devait avoir lieu le 26 avril 1975. Il avait écrit son discours de réception, qu'il avait soumis en séance privée, selon l'usage, une semaine avant son entrée publique sous la Coupole. Il s'agissait d'une sorte de répétition.

Maurice commença à être rassuré, à se dire que *Le Fauteuil hanté* n'était sans doute qu'un simple roman, lorsque son ami mourut cinq jours avant sa réception officielle. Il comprit alors que tout était sans doute vrai, que ce fauteuil 32 était différent des autres, et surtout qu'il pourrait devenir le sien.

Une question de règlement se posa alors : fallait-il organiser une réception posthume ? Elle fut finalement annulée. Était-il possible que les académiciens, qui avaient dû lire le livre de Gaston Leroux, aient redouté de déclencher une vague de panique autour de ce satané fauteuil ?

Maurice, lui, n'hésita pas, convaincu que son échec au certificat d'études le protégeait. Il se présenta, fut élu le 20 mai 1976, et reçu le 17 février 1977 ; j'avais mis ce jour-là une robe de velours rouge. Je crois n'avoir jamais ressenti depuis autant de fierté que lorsque Maurice, en habit vert, ceint de son épée, traversa le long couloir, descendit les marches le menant au milieu de ses doctes confrères, entouré d'une haie de tambours battant la mesure.

Je sus à cet instant que son destin était accompli, qu'il touchait là le point d'orgue de son existence, la note divine.

Maurice avait réussi à conjurer la malédiction. Il occupa activement le fauteuil maudit durant vingt-cinq ans.

Lorsque, en ce 25 décembre 2002, je reçus le manuscrit de ses mains, il avait 92 ans, l'âge du duc de Richelieu lorsqu'il mourut. Maurice, toujours aussi superstitieux à l'égard du fauteuil hanté, me redit à quel point il était important, quand il viendrait à mourir, que je lise les pages de Leroux attentivement, que je décrypte les images et les instructions écrites à la main ; elles me guideraient dans ce qu'il conviendrait de faire par rapport au fauteuil 32. Je compris à sa façon de parler, à son léger sourire, qu'il ne verrait pas d'un mauvais œil que la malédiction se rouvre après lui, laissant la place vide pour longtemps.

Quand je revins dans la salle à manger, un concert de voix retentissait, peut-être pour lutter contre le froid. Le chauffage était réglé de telle sorte qu'il se coupait automatiquement pendant la nuit, et devait théoriquement se rallumer le matin. Mais ce jour-là, il était resté éteint ; en fait, il se remettait rarement en marche. La conséquence était que tout le monde déambulait enveloppé dans sa couverture, ce qui donnait à l'assemblée des allures de réunion d'une tribu d'Indiens.

Deux thèmes agitaient les conversations : le Grand Prix du roman de l'Académie, et les prochaines élections au siège vacant. Il s'agissait de deux sports où leur rouerie et leur perversité pouvaient trouver leur totale expression. À partir d'un certain nombre d'engagements, de promesses, de mensonges et de trahisons, ils finissaient parfois par ne plus savoir eux-mêmes ce qu'ils allaient faire.

Ce jour-là, régnait une certaine gêne autour de la table, car l'une des favorites au Grand Prix du roman faisait partie des convives. Elle accompagnait son amoureux du moment, la star du barreau

Émile Romagne, ami particulièrement proche de Maurice. Ce célèbre avocat, qui avait rendu beaucoup de services à chacun, s'était déjà présenté à de nombreuses reprises sans succès, et ne comprenait pas le jeu mathématique dont il était victime.

Lorsqu'il additionnait les votes de ses amis ayant juré fidélité, il arrivait à quatorze voix, alors qu'à chaque élection il ne dépassait jamais quatre bulletins. Élections qui finissaient invariablement « blanches », tant il y avait de croix.

Le bulletin portant une croix est différent du bulletin blanc, qui correspond à l'abstention. La croix fait partie des armes redoutables du vote pondéré, qui permet à travers un vote « noir » d'indiquer qu'aucun des candidats ne mérite d'être élu.

Ils ne pouvaient faire autrement avec Émile Romagne car l'élection d'un autre eût été ressentie par lui comme un affront. Il se serait fâché avec tous ceux qui lui avaient promis leur voix, et nos amis se seraient retrouvés sans aide juridique, laquelle pouvait toujours être utile.

Avoir été obligé de fuir son pays et de trouver refuge en France afin d'échapper à l'épuration qui frappait après la guerre ceux qui avaient un peu trop collaboré n'était pas considéré comme une tache indélébile. On s'apitoyait même volontiers sur le sort de ces persécutés qui n'avaient finalement qu'exprimé des opinions souvent concevables, sans avoir vraiment conscience de ce que faisait l'occupant.

Bon nombre des amis de Maurice étaient un peu ainsi. Il en riait lui-même avec une légèreté qui m'en apprenait davantage sur l'être humain que bien des discours.

Juif, grand résistant, il fut décoré de la grand-croix à titre militaire, et je pensais qu'il ne se faisait plus tellement d'illusion sur ses congénères. Un de nos jeux consistait à demander à Michel Vivand comment était le Paris d'aujourd'hui. Il répondait invariablement par une série de critiques qui se terminaient non moins invariablement par cette phrase devenue culte : « Paris n'a jamais été aussi beau que sous l'Occupation. »

En revanche, en ce qui concernait Émile Romagne, avoir fait l'objet de rumeurs relayées par la presse sur un rôle, aussi mineur fût-il, dans ce que les journaux appellent des « affaires », rendait à leurs yeux son élection impossible.

Au demeurant, ils ne pouvaient pas non plus élire d'autres candidats du Barreau, car on n'allait quand même pas faire de la peine à ce cher Émile en élisant un de ses confrères : c'eût été la pire des humiliations.

Maître Romagne aimait particulièrement les grandes femmes africaines, et on le rencontrait fréquemment dans les restaurants étoilés accompagné d'une de ces créatures spectaculaires de beauté.

Lorsqu'il rencontra Fatou Nala, une romancière nigérienne particulièrement élancée, il en tomba fou et la tribu, trouvant le couple distrayant, l'adopta. Ils devinrent ainsi des invités incontournables.

Une idée ne tarda pas à germer, enfouie dans les cerveaux pervers et agiles de cette compagnie. Le Grand Prix du roman, s'ils l'attribuaient à la belle Fatou, pourrait servir de monnaie d'échange contre le renoncement à la candidature de maître Romagne.

Cette stratégie était sur le point d'aboutir ; il ne restait plus en lice que deux finalistes, mademoiselle Nala et Gaëtan de Saint-Marcel, ami de longue date du secrétaire perpétuel de l'époque, dont tout le monde savait qu'un échec n'aurait pas de conséquence pour lui, et qu'il persévérerait jusqu'à la nuit des temps.

Donc, c'était quasiment plié, lorsqu'un petit article paru dans un journal réservé aux libraires et au monde de l'édition créa le scandale. Un feuilletoniste sans foi ni loi avait entrepris de raconter l'histoire ; le journal avait publié son brûlot, sans doute poussé par l'éditeur concurrent. Comment préparer psychologiquement ce couple si sympathique à son funeste sort ?

Chacun, au cours du repas, tenta de les rassurer, mais les discours à double sens, destinés aux autres convives qu'il fallait également distraire, étaient aussi francs que ceux d'un homme politique en campagne. D'après eux, personne ne lisait ces articles, à part peut-être quelques libraires, et surtout, sur le fond, ce papier était absurde, puisque tous les membres présents voteraient pour lui. On ne voyait pas de quoi cette récompense pourrait constituer une compensation.

Mais la coïncidence entre son élection et l'obtention du Grand Prix pour sa protégée, cela pourrait faire jaser. Tous les yeux se tournèrent alors, non sans malice, vers Grand Manitou, qui se remettait doucement de l'affaire des briquets déclenchée par son épouse. Lorsqu'il vit ces paires d'yeux braquées sur lui, il passa sa main dans sa barbe blanche et lança un regard suppliant vers ses copains, mais tous restèrent impassibles.

Il se racla la gorge et se tourna vers la belle Fatou, afin de lui annoncer avec un large sourire que son livre venait d'être sélectionné pour un prix décerné par le prestigieux jury dont il était le président. Tous applaudirent, et vinrent féliciter la possible future lauréate.

Je vis que Maurice regardait, perplexe, son ami. Car il connaissait l'engagement déjà donné à un autre éditeur avec lequel Grand Manitou avait un contrat confidentiel de directeur de collection.

Ce dernier avait délicatement baissé les yeux sur sa main droite, qui elle-même caressait sa main gauche posée sur la table. Après un long silence, il ajouta qu'il avait la joie d'annoncer qu'il s'agissait, en outre, d'un nouveau prix décerné par des élèves de lycée, ce qui le mettait à l'abri des soupçons. Les applaudissements redoublèrent, mais chacun comprit qu'ils étaient destinés à Grand Manitou, à la virtuosité de la prouesse accomplie.

L'exercice leur ayant permis de s'échauffer, ils purent entrer dans le vif du sujet, et se consacrer au sport qu'ils aimaient par-dessus tout : parler des élections, des candidats, des visites et des intentions de vote. Ils avaient tous été victimes de la énième visite de Gaëtan de Saint-Marcel ; impossible de ne pas le recevoir, se plaignaient-ils. La raison de leur impuissance était que Gaëtan avait pris le secrétaire perpétuel en otage.

Celui-ci avait un point faible, une sorte de mythomanie restreinte portant principalement sur ses origines. Il faisait courir le bruit, mais peut-être se contentait-il de le laisser courir, qu'il n'était pas le fils de qui l'on croyait, mais d'un célèbre écrivain, dramaturge, cinéaste et acteur, qui avait été l'amant de sa mère, et qui, par la génétique, faisait de lui le dernier surgeon d'un arbre généalogique particulièrement élégant et aristocratique. Lorsqu'on lui posait la question à la télévision, il répondait avec componction, confirmant son admiration pour cette figure légendaire, mais affirmant que tout cela n'était que ragots.

Ce petit travers était d'autant moins perceptible que la fonction de secrétaire perpétuel lui permettait de déployer dans le moindre détail de ses gestes, de ses postures, de ses expressions, une emphase flamboyante, soutenue par un timbre de voix tonitruant. Il avait écrit de nombreux ouvrages passionnants sur des personnages historiques. Il sentait ses héros, les mimait à table, c'était un spectacle à nul autre pareil, plus besoin d'allumer le poste.

Gaëtan, qui avait bien compris ce penchant, et qui était noble, organisait constamment des dîners pour lui dans son hôtel particulier, où des familles royales se mêlaient à l'aristocratie française, ou à des diplomates, des grands de ce monde venus d'Angleterre, de Hollande, d'Espagne ou du Danemark. Le perpétuel était grisé, et intervenait auprès de tous avec insistance pour faire entrer Gaëtan sous la Coupole, ou lui donner un prix. Il poussait si loin ses persécutions, qu'une véritable fronde s'était organisée pour faire barrage à son despotisme et à son protégé.

Les membres présents autour de la table représentaient le noyau dur de la résistance, et ils se confiaient des recettes pour se débarrasser de Gaëtan. Les méthodes étaient variées, allant de la plus simple, débrancher son sonotone, à la plus subtile : lui commander, à travers un éditeur, une préface pour la monographie d'un artiste qui n'existait pas. Tous les moyens étaient bons.

Mais ils s'avisèrent tout à coup, au milieu des débats sur la stratégie que devait adopter un perpétuel à l'égard de son favori, que Gaëtan se retrouvait seul finaliste pour le Grand Prix. Le baron de Cerisy, homme brillant et disert qui était étrangement resté muet jusque-là, attendant sûrement le moment propice, sortit de sa poche une solution à ce grave problème.

Le Grand Prix, pour lui, c'était joué, il fallait le donner à Julie Destombes dont il venait de faire la connaissance chez Alexandre, son coiffeur. Tout le monde connaissait cette jeune fille, auteur de best-sellers. Le niveau exceptionnel de ses ventes en France et à l'étranger pourrait redorer le blason de leur prix, si on avait l'intelligence de le lui attribuer.

Son discours retomba dans un silence gêné. Puis, après ce moment de flottement, chacun lui emboîta le pas, et y alla de son avis. À la surprise générale, on découvrit qu'ils avaient tous lu les livres de Julie Destombes dont la réputation était plutôt d'être l'idole d'adolescents en mal de vivre. Ayant franchi cette étape, et après avoir découvert qu'ils n'avaient lu aucun des autres livres de la rentrée littéraire, tous furent d'accord. Ses bouquins étaient remarquables, son style fluide et grinçant, pourquoi l'Académie se priverait-elle, pour son Grand Prix, d'un tel succès de librairie ? De plus, cela permettrait de clore définitivement les deux problèmes, celui de Fatou et celui de Gaëtan. On trinqua à cette lumineuse décision.

Maurice s'amusait, mais je sentais qu'il était déjà dans un autre monde, celui vers lequel il allait irrémédiablement, comme s'il renonçait d'avance à la nostalgie de ces conversations, ces séances du jeudi qu'il aimait tant, ces heures complices où les jours d'élection je l'aidais à boutonner la chemise de son costume brodé de vert et d'or, à passer autour de son torse son épée où les noms chers à son cœur étaient gravés.

Je croisai son regard. Il eut un léger sourire. Je compris qu'il comptait sur moi pour l'aider à continuer, peut-être d'une autre manière, après sa disparition. Je percevais mieux le sens de ce manuscrit où j'allais sans doute trouver le moyen de l'aider à poursuivre ses jeux avec ses confrères.

Je me fis la promesse de réaliser pour lui ce rêve fou.

Deuxième épisode

Les dîners du dimanche

Tous les dimanches soirs, Maurice organisait dans son appartement du faubourg Saint-Honoré un dîner devenu rituel, qui réunissait les membres de son clan, ainsi que des personnalités du deuxième ou du troisième cercle, selon l'importance de la situation.

Ce dernier dimanche de février, un 29, s'annonçait comme une apothéose : au cours de ces heures allaient se croiser plusieurs enjeux, drames et comédies.

Il se trouve que cela tombait le jour de mon anniversaire, et je crus naïvement que cette soirée était destinée à le fêter. Mais je repris rapidement mes esprits ; cela ne s'était jamais produit, et il n'y avait pas de raison que Maurice déroge à la règle. Célébrer mon anniversaire eût été incongru, me disais-je pour me consoler. Pour eux, mes bonshommes verts, j'étais restée l'enfant, la petite, l'invisible. Personne ne me voyait grandir, aucun d'entre eux ne s'était aperçu que j'écrivais des romans ; cela aurait sans doute provoqué en eux un vertige les précipitant dans la tombe. De toute façon, seul Maurice me préoccupait. N'était-il pas en train d'organiser une soirée en forme de feu d'artifice, comme l'ultime chant du cygne du faubourg ?

Le souvenir du manuscrit qu'il m'avait offert en guise de testament académique accompagnait depuis peu, dans mon esprit, ses absences, son regard vague parfois, la difficulté à capter son attention ; son sourire tout doucement s'éteignait au même rythme que ses jours heureux.

Le principal motif de cette fête était en réalité la réconciliation historique avec Marie-Madeleine de Mesmacher, considérée comme la reine du Tout-Paris. Ils étaient fâchés et ne se saluaient plus depuis presque vingt ans. La duchesse de Mesmacher était devenue célèbre grâce aux bals aussi somptueux que spectaculaires donnés une fois par an dans son château de Grandville. Ses fêtes étaient considérées comme les dernières lueurs d'un monde qui peu à peu sombrait, et ne pas « en être » signifiait l'opprobre, la mise au cachot social.

Les trois sœurs Mesmacher, ainsi que leurs nombreuses cousines et belles-sœurs, étaient très riches, et avaient un jour tenté de prendre le contrôle de l'Académie française ; plus généralement, du milieu littéraire. Cela représentait pour elles une revanche sur leurs origines belges. Elles avaient commencé par faire voter leurs maris, déjà élus, pour leurs amants. La plupart des personnes présentes ce soir-là faisaient partie de ce clan, de la coterie Mesmacher.

Leurs ambitions académiques étaient d'ailleurs la cause principale de la fâcherie mémorable entre Marie-Madeleine et Maurice. Ce dernier s'était obstiné pour d'obscures raisons à faire échouer la campagne qu'elle avait menée de longue main en vue de l'élection de son amant. Elle en était folle. On avait retrouvé lors d'un déménagement de la cave de son ancien hôtel particulier la quasi-totalité des exemplaires des livres qu'il avait publiés et qu'elle faisait acheter en masse dans les librairies, afin de le propulser en tête des meilleures ventes.

Elle était même allée jusqu'à le faire engager comme chroniqueur dans un mensuel consacré aux grands de ce monde où, du reste, la plupart de ses articles furent à la gloire de la duchesse. Ils étaient si mal écrits que chacun s'interrogeait sur son succès.

C'était devenu une habitude de se téléphoner le jour de leur parution, pour les commenter pieusement.

Elle avait dit à Maurice :

— L'Académie, c'est la moindre des choses !

— Trop, c'est trop ! lui avait-il répondu.

Ils s'étaient fâchés, et l'amant ne fut jamais élu.

Le second objectif de cette mémorable soirée, sans compter certains enjeux plus discrets mais non moins importants, était de permettre une autre réconciliation plus difficile à obtenir. À l'occasion du centenaire d'une des plus prestigieuses maisons d'édition française, celui qui la dirigeait avait demandé à Grand Manitou, le mari de Lolotte qui n'en était pas moins une Mesmacher, de diriger un petit volume de La Pléiade consacré au siècle des écrivains de cette noble maison.

Scandale : Michel Vivand avait été tout simplement supprimé de la liste, alors qu'il avait publié tous ses livres dans cette maison, et y avait travaillé comme éditeur pendant cinquante ans.

Ce révisionnisme faisait que les deux hommes campaient aux deux coins opposés du salon, et que tout le monde circulait entre eux pour des missions diplomatiques. Cette fâcherie pouvait avoir des conséquences graves et difficiles à mesurer, créant une scission à l'intérieur du clan sur les élections, les principaux prix littéraires, une sorte d'affaire Dreyfus provoquant des batailles au sein d'une même famille.

On soupçonnait Grand Manitou d'avoir agi par vengeance pour une affaire de femmes. Mais en réalité, cet oubli était plus politique. Michel Vivand, dans l'histoire de la maison, faisait légèrement tache, le but de ce recueil étant d'effacer définitivement le souvenir de faiblesses bien compréhensibles au cours d'une période aussi trouble que l'Occupation. Il en allait de la sauvegarde de la littérature française.

Michel Vivand n'était pas le bienvenu au regard de cet objectif. Il avait été auprès de Vichy responsable des oléagineux, ce qui en soi n'était pas vraiment répréhensible, mais donnait lieu à des plaisanteries de potaches du genre : « Vous connaissez Michel Vivand, c'était une huile sous Vichy ! » Certains prétendaient même qu'il avait écrit dans *Je suis partout*, accusation peut-être injuste puisque personne n'avait pu en fournir la preuve, mais la rumeur… la rumeur…

Il était également possible que la naïveté de ses arguments, lorsqu'il se défendait d'être antisémite, n'eût pas plaidé en sa faveur. Il aimait répéter qu'il ne pouvait en aucun cas avoir été antisémite alors qu'en Bretagne, en ce temps-là, il n'y avait pas de Juifs. « Comment pouvez-vous m'accuser de pareille infamie, je n'ai jamais vu de Juifs avant la guerre… » L'argumentation avait, je dois dire, du mal à passer.

Tout cela s'était bousculé dans ma tête d'adolescente. J'avais pour le colonel Moutarde des sentiments profonds, c'était un peu le grand-père que je n'avais pas eu, et l'idée qu'il aurait pu me dénoncer à la Gestapo me semblait complètement incongrue. J'aimais son mélange de douceur et de rudesse, sa longue moustache blanche, ses yeux d'un bleu d'acier, nos promenades dans Venise où il me racontait l'histoire de France ; aucun ami de mon âge n'aurait pu m'offrir des heures semblables à celles que je passais auprès d'un homme comme lui.

Cette soirée symbolisait une transition entre une époque finissante et celle qui semblait poindre à l'horizon. Maurice était au centre de cette mutation. Tel le Guépard, prince Fabrizio Corbera de Salina, dans le livre de Lampedusa et le film de Visconti, il assistait à cette agitation comme s'il était déjà loin. Quand il traversait le grand salon aux murs terre de Sienne, il semblait se préparer à son nouveau rôle, celui auquel il aspirait pour son immortalité bientôt fantomatique.

Un nouvel ordre était en train de s'affirmer. Les femmes qui jusque-là avaient dirigé dans l'ombre allaient devoir trouver une autre façon d'agir. Ces dames étaient en effet apparues depuis peu en pleine lumière ; elles étaient désormais élues et l'une d'elles venait même de conquérir le poste de secrétaire perpétuel. Le clan devait tourner la page, du moins en apparence, et trouver de nouvelles tactiques pour garder le pouvoir.

Un accord fut conclu ce soir-là. La duchesse de Mesmacher accepta de reconnaître sa défaite et de se résigner, fait exceptionnel dans sa vie de souveraine. Son amant n'entrerait jamais à l'Académie française. La condition était que celui de son ex-belle-sœur fût, lui, élu. Cette dernière, divorcée du duc de Mesmacher, s'appelait Margaret. Elle œuvrait depuis plus de dix ans, telle la reine des abeilles, pour que l'homme qu'elle aimait puisse un jour revêtir l'habit vert, multipliant les soirées, les interventions, les invitations, les visites. C'était devenu vital, mais elle ne comprenait pas que cela ne faisait qu'attiser les perversités. Nous n'étions plus dans Visconti, mais dans *Les Tontons flingueurs*.

Les ecclésiastiques, patrons de presse, hommes politiques, eux-mêmes candidats compulsifs, assistaient à ces acrobaties en essayant de grappiller des informations stratégiques susceptibles d'écarter l'un ou l'autre pour attirer à leur tour les faveurs d'une voix promise le lundi, reprise le lendemain.

L'un d'entre eux, Pierrick Le Bescot, ayant obtenu un grand prix littéraire, continuait à fêter l'heureux événement.

Aussi entreprit-il de marquer de son empreinte cette soirée jurassique. On entendit tout à coup une musique s'élever dans les airs. Le silence se fit ; tous tendirent l'oreille à la mélodie qu'on entendait derrière le léger sifflement des sonotones ; pas de doute, c'était *Le Lac des cygnes*. La porte du salon à double battant s'ouvrit dans un fracas et Le Bescot, vêtu d'un tutu noir, entra dans un tel saut qu'il faillit partir la tête la première dans la cheminée qui se trouvait sur sa trajectoire.

Après les rires et les applaudissements, le cygne noir, encouragé par cet accueil triomphal, se laissa aller, multipliant les entrechats, manquant de renverser un vase qui faillit se briser. Ce spectacle pour le moins étrange finit par provoquer une gêne diffuse, et Maurice prit la décision de demander au maître d'hôtel de ramener l'oiseau chancelant. Il n'était manifestement pas en état de piloter le bolide qu'il s'était offert avec les droits d'auteur de son livre primé.

Dès qu'il fut parti, les langues se délièrent. Ceux qui l'avaient soutenu dans sa carrière, considérant qu'il était brillant et drôle, virèrent de bord. Le Bescot était surtout connu pour sa méchanceté et la férocité de ses mots d'esprit. Les cibles étaient tous ceux qui prétendaient se faire élire ou obtenir un prix. Il occupait ainsi une fonction particulièrement importante, héritière d'une longue tradition, qui équivalait pour la communauté verte à ce qu'avaient été les bouffons dans l'ordre monarchique.

C'était un rôle important et difficile à décrocher, car il était unique, et le conserver pouvait devenir dangereux. Il fallait démontrer dans les salons, dans la presse, sa capacité à tuer d'une seule phrase. Nombre de jeunes écrivains ou journalistes rivalisaient dans ce jeu de massacre, beaucoup descendaient dans l'arène de cette antique tradition, ce qui enchantait les occupants de la Coupole qui, eux, restaient à l'abri. Mais la situation de Le Bescot, ce soir-là, chancela ; d'autant que le maître d'hôtel ne revint qu'à l'aube : ils avaient passé la nuit à chercher le véhicule de Pierrick. Impossible de se rappeler où il l'avait garé. Ils avaient fini par le retrouver devant son immeuble, d'où il n'avait pas bougé.

Tous ces événements avaient sorti Maurice de sa douce torpeur. Je le vis attirer l'attention de ses convives ; il voulait faire un discours. Les discours marquent, chez les académiciens, des moments importants. Ils sont l'écho du rituel initiatique attaché à leur réception, qui se déroule en deux parties : l'éloge de son prédécesseur par le nouvel élu et celui qui lui est adressé par l'académicien qui le reçoit.

Mon cœur se mit à battre plus fort : s'était-il souvenu de mon anniversaire ? Allait-il parler de mon cinquième roman qui venait de sortir et qui, d'ailleurs, lui était consacré ? Je retins mon souffle. Il commença par commenter de façon hilarante le ballet dont nous avions été témoins, puis il se lança dans un hommage fleuve de Marie-Madeleine de Mesmacher. Ses discours étaient jalonnés de noms qu'il répétait invariablement dans chacun d'entre eux. Je les connaissais par cœur, j'aurais pu les réciter dans l'ordre, et je pus constater à quel point il était en forme. Cela me rassura.

Puis, il arriva à ce qui était le véritable objet de ce laïus. Il attira sa favorite du moment au centre du salon, la tenant par la main. On vit tous les visages des femmes du clan Mesmacher se refermer. Il annonça alors la sortie en librairie du dix-septième roman de cette écrivaine, à propos duquel il multiplia les compliments. Il avait rarement lu dans sa vie des pages aussi belles, aussi bien écrites, et imaginait déjà l'accueil triomphal qu'allaient lui réserver ses amis.

Ces derniers regardaient sagement le bout de leurs chaussures, résignés et conscients qu'il en était ainsi. Quant à moi, je me sentais comme la coccinelle des albums de Gotlib dans le coin en bas des dessins. J'avais envie de rire et de pleurer. Certains de ses confrères, parmi les virtuoses, profitèrent de ce moment pour concevoir des phrases clefs, à la gloire de cette jeune beauté qui goûtait avec ravissement ce moment de grâce et observait avec le plus grand plaisir la tête renfrognée de ces dames.

Je repensai au chef-d'œuvre de l'ex-secrétaire perpétuel, *Les Grandes Familles* : tout y était, comme dans un film en noir et blanc, un rien désuet.

Qui, dans cette assemblée, pouvait être au courant du manuscrit des dernières volontés de mon père ? Existait-il un allié de l'ombre, un académicien prêt à m'aider afin que, quoi qu'il arrive, le fauteuil 32 soit à lui pour l'éternité ? Maurice souhaitait, j'en étais sûre, que rien ne bouge, que tout soit comme avant.

J'avais toujours eu du mal à comprendre les raisons de la violence précédant une élection. Combien de personnalités dont tout le monde savait qu'elles n'avaient aucune chance de récolter plus de deux ou trois voix de complaisance tactique persistaient à se présenter, à se représenter sans cesse, toujours prêtes à croire tout ce qu'on leur disait, à tomber dans les pièges des promesses et des encouragements feints ? Ils n'étaient pas encore immortels, mais persévéraient dans une éternité, celle de leur candidature.

L'un de nos plus sages amis verts, qui participait régulièrement à un célèbre jeu radiophonique, m'avait expliqué que pour les vieux messieurs la recherche éperdue des honneurs remplaçait le désir sexuel de leur jeunesse, et qu'ils poursuivaient les décorations et les palmes comme autrefois ils se seraient battus pour faire la conquête d'une jolie femme. Participer assidûment aux réunions et aux soirées du clan était donc assimilable à la fréquentation d'une maison close. Il convenait de les maintenir le plus longtemps possible dans cet état de désir qui les encouragerait à faire des choses utiles à tous. Ils n'allaient pas courir le risque d'élire trop tôt un directeur des pages livres d'un grand journal, de peur qu'à l'instant même de son élection tout article consacré aux ouvrages des académiciens disparaisse comme par malédiction.

À certains moments il restait tant de sièges à pourvoir, l'assemblée était si clairsemée, qu'on sentait poindre l'ennui. Alors, certains, de guerre lasse, finissaient par être élus, personne n'aurait pu dire ni comment ni pourquoi. La surprise de leur élection était le résultat involontaire des multiples volte-face des votants. Une sorte d'acte manqué.

Ainsi, Roger Tedeschi, dont la carrière ministérielle et politique à gauche constituait un handicap certain, avait été élu contre toute attente. Maurice, qui le trouvait sympathique, pensait qu'ils devaient pratiquer l'ouverture. Pourtant, c'était loin d'être gagné. Ses petits camarades, dont on connaissait les vieux penchants lestés d'un passé qu'il convenait d'oublier, voyaient dans l'arrivée de celui qu'ils considéraient comme un gauchiste virulent un risque redoutable pour leur réputation.

Roger Tedeschi, c'était l'inconnu, des réseaux de jeunes agités sans foi ni loi, prêts à tout pour provoquer des lynchages médiatiques. Maurice organisa cependant pour lui le déjeuner de la dernière chance, le jeudi juste avant la séance d'élection. Il avait donné des instructions simples au jeune Tedeschi : n'être que dans la plaisanterie, la légèreté, les bons mots, ne jamais aborder de sujets qui fâchent, être un joyeux compère et un bon compagnon comme s'ils avaient fait ensemble leur régiment ; « enfin, peut-être pas jusque-là, mais vous voyez ce que je veux dire », avait-il ajouté en lui prenant le bras pour le faire entrer dans la salle à manger tapissée de miroirs bleutés. Roger fut impressionné car ils étaient tous en habit vert pour la séance.

Il réussit sous mes yeux ébahis son examen. Il les avait fait sourire à l'entrée, rire au dessert. Ils sortirent de là en félicitant Maurice de sa trouvaille.

— Qu'est-ce qu'il est drôle et intelligent ! Il est de gauche, Maurice, vous êtes sûr ? Impossible !

C'était dans la poche. Comment faire face à ces impondérables ? N'importe qui pouvait être élu, à n'importe quel moment. Comment protéger un siège et empêcher quiconque de s'y asseoir ? J'étais tentée de trouver la réponse dans le manuscrit, mais j'avais promis d'attendre le moment venu pour l'ouvrir.

La soirée s'achevait, et tout le monde était réconcilié. J'observai avec une attention nouvelle les ronds de jambe des candidats, fascinée par leur transparence, leur capacité à faire un compliment circonstancié et détaillé sur chacun des ouvrages que ces chers académiciens venaient de publier, et même sur leurs préfaces, qu'on s'arrachait. Où trouvaient-ils le temps ?

Les invités allaient partir, lorsque quelqu'un fit allusion au scandale qui secouait le milieu. Un éminent conservateur d'un des musées appartenant à l'Institut venait de se faire prendre par les douaniers près de Lausanne avec un cartable bourré de manuscrits, dont certains livres d'heures avec des enluminures du Moyen-Âge d'une très grande valeur. L'enquête avait révélé que cet homme particulièrement respectable avait entièrement décoré son hôtel particulier avec une partie des chefs-d'œuvre trouvés dans les réserves de son musée.

Or, un manuscrit surprenant figurait dans la liste des objets saisis. Il s'agissait du *Fauteuil hanté* de Gaston Leroux. Je vis Maurice changer de couleur et se tourner vers moi avec un regard interrogateur. Pouvait-il penser que je m'en étais séparée ? Je lui fis non de la tête aussi discrètement que possible. Il demanda alors à un membre éminent de l'Académie si l'Institut avait récupéré les précieux documents. L'homme, qui venait de remettre son écharpe mauve, lui répondit que ces trésors allaient encore être gardés par les services douaniers pour l'enquête, mais qu'ils seraient vite réintégrés, puis il demanda à Maurice d'en expertiser le contenu.

Je craignais qu'il ne fût trop fatigué.

— Pas du tout, répliqua-t-il, regarde-moi, je suis comme un jeune homme.

Je le regardai ; en effet, il avait rajeuni de vingt ans.

Quel était donc ce deuxième manuscrit ?

Toujours sur le pas de la porte, ils firent allusion à l'importance des croix sur les bulletins, lors des élections.

— Vous souvenez-vous, demanda le doyen de l'Académie, de ces lignes écrites par l'un de ces valeureux candidats ?

Il cita le texte vengeur que cet homme avait écrit sur « ces traceurs de croix qui balafrèrent quinze bulletins » afin de lui barrer la route. Il s'épanchait dans ce livre sur son échec, ajoutant que son acte de candidature était une farce qu'il se proposait de continuer, même s'il était un jour, selon ses propres mots, « imprudemment élu ».

— N'oublions jamais, souligna l'ex-perpétuel, que chacune de ces croix peut éviter le pire et empêcher le loup d'entrer dans la bergerie.

Était-ce la fatigue ? Je frémis avec eux à cette perspective qui m'apparut tout à coup terrifiante.

Au moment de se quitter, Maurice prit rendez-vous pour le lendemain avec l'homme à l'écharpe mauve, afin de participer à l'investigation sur le conservateur de musée et ses menus larcins. Maurice était encore expert auprès des tribunaux, et la question de son éventuelle amitié avec ce conservateur se posa. Il risquait d'être révoqué par les avocats de la partie adverse. Il affirma qu'il ne l'avait jamais fréquenté, qu'il ne lui avait pas même serré la main. Pour preuve, il montra sa main droite dont il compta un à un les cinq doigts.

— Vous voyez bien, ajouta-t-il, que je n'ai jamais serré la main de ce brigand.

Tout le monde se mit à rire. On sentait pourtant, au son de sa voix, une certaine tendresse à l'égard de ce malheureux. On peut toujours faire des choses malhonnêtes, semblait-il dire, mais se faire attraper, c'est impardonnable.

Une fois qu'il eut refermé la porte sur ses derniers convives, il me fit signe de rester. Je voulus dire quelques mots, mais il mit un doigt sur sa bouche afin que je garde le silence, comme si quelqu'un pouvait nous écouter.

Il m'entraîna en direction de son bureau. Je m'assis comme de coutume dans le grand fauteuil face à lui. Je comprenais à son attitude qu'il faisait tout cela pour moi, pour me distraire de la perspective inéluctable et proche de sa disparition. Il s'agissait ni plus ni moins de notre dernier jeu, et il convenait que je m'y investisse avec sérieux. D'autant plus que si nous réussissions, un champ inconnu, un nouveau domaine extraordinaire s'ouvrait où nous pourrions continuer à jouer après sa disparition pour longtemps, pour l'éternité sans doute.

Après un instant de silence, je lui demandai s'il connaissait l'existence de ce deuxième manuscrit du *Fauteuil hanté*. Il m'expliqua qu'il avait été troublé, à ce sujet, par une notation à la fin de celui qu'il m'avait donné. Mais cela demeurait un mystère et il me confia qu'il ne savait pas d'où il pouvait venir. Comment d'ailleurs aurait-il pu imaginer que cet homme à l'allure si austère, aux mœurs si puritaines, ait pu chaparder ce précieux document et tenter de le vendre hors de nos frontières ? Il n'en revenait toujours pas.

Nous étions face aux mêmes questions : Que contenait ce second manuscrit ? Était-il semblable à l'autre ? Était-il aussi de la main de Gaston Leroux ? Ou bien s'agissait-il d'un faux ? Si ce n'était pas le cas, pourquoi Leroux se serait-il donné la peine de le réécrire entièrement sans changer une virgule ?

J'avais entendu dire que certains auteurs faisaient cela. Ils n'étaient pas assez connus du grand public pour vivre de leur plume mais avaient suffisamment de réputation parmi les collectionneurs pour arrondir leurs fins de mois en fabriquant des manuscrits de leurs chefs-d'œuvre et trouver des marchands clairvoyants et avisés désireux de les leur acheter. C'était à ces derniers, ensuite, de distiller habilement leurs multiples originaux pour ne pas éveiller les soupçons.

Ils trouvaient toujours un bon moyen de garantir la confidentialité à l'auteur de cette embrouille. Ils le disculpaient par exemple en disant que c'était son épouse qui l'avait vendu en secret pour subvenir aux besoins du ménage, mais que son mari n'était pas au courant.

C'est ainsi que l'on trouvait fréquemment de nombreux manuscrits originaux d'un même texte dont la cote avait grimpé avec le temps et la gloire posthume de son auteur. Cela donnait lieu à des batailles d'experts sans fin, et personne ne comprenait pourquoi l'un d'entre eux serait plus original qu'un autre.

Ce ne pouvait être le cas pour Gaston Leroux qui n'avait pas de problème financier et qui surtout avait tant de commandes de feuilletons pour la presse, un si grand public qui suivait ses aventures avec avidité qu'il n'aurait pas eu le temps de se livrer à ce genre d'exercices. On se demandait déjà comment il parvenait à écrire tout cela aussi vite, aussi bien, non, ce n'était pas réaliste. Pourtant Maurice avait un doute, mais il me dit qu'il était trop tôt pour m'en parler. Il préférait que je le découvre en lisant attentivement celui qu'il m'avait offert.

— Mais enfin, ce qui est fait est fait, ajouta-t-il en passant la main sur son menton.

Le destin était en marche. Il finit par m'avouer qu'il avait déjà soupçonné l'existence de ce deuxième manuscrit, mais me jura qu'il ignorait jusqu'alors où il pouvait se trouver. Jamais il n'aurait pu imaginer qu'il puisse être dans les réserves de ce musée.

Maurice méditait sur son sujet favori, le sort étrange et mystérieux des objets. Si ce conservateur n'avait pas été un voleur, s'il ne s'était pas fait pincer à la frontière en le transportant tout bêtement dans son cartable, si on ne lui avait pas proposé de l'expertiser, il n'aurait sans doute jamais eu ce deuxième manuscrit entre les mains. Il fallait beaucoup de *si* et de coïncidences invraisemblables pour que ce document suive le chemin qui l'avait mené jusqu'à lui. Sans cela, il serait resté pour longtemps dans les réserves du musée.

Maurice considérait que ce n'était pas nous qui choisissions les objets, mais eux qui nous trouvaient tôt ou tard parce qu'ils nous étaient destinés, et j'avais souvent constaté que sa théorie était juste. Je lui posai ma question rituelle. Pensait-il qu'il en était de même pour les femmes ? Comme d'habitude il ne me répondit pas, se contentant de se lever, de me tapoter la joue.

Il préférait visiblement en rester là pour ce soir. Il était tard, tout cela l'avait fatigué ; il me raccompagna jusqu'à l'ascenseur.

De retour chez moi, je ne pus résister à la curiosité, je transgressai ma promesse. Je sortis le texte du coffre en me jurant de ne regarder que la dernière page, où l'on trouvait parfois l'indication du nombre d'exemplaires d'un manuscrit, et de le refermer immédiatement. Je me disais que cela atténuerait mon parjure.

Je tournai les pages et, sur la dernière, je vis apparaître, stupéfaite, le chiffre 4. Il n'y avait pas deux originaux, mais le double. J'essayai naïvement de sentir si des ondes se dégageaient, rien, je ne ressentais rien. Je replaçai immédiatement la chemise cartonnée dans le coffre, comme si elle me brûlait les doigts.

J'étais trop énervée pour m'endormir ; ce chiffre 4 me trottait dans la tête. Il correspondait certainement à un passage du récit de Gaston Leroux. Mais autant le souvenir du début était clair, autant les méandres de la suite de l'histoire restaient flous.

Je pris mon livre de poche et le feuilletai, cherchant dans le sommaire des dix-neuf épisodes du feuilleton un indice qui m'éclairerait sur les raisons d'être de ce chiffre inscrit en bas de la dernière page. Je finis par remarquer un chapitre au titre intriguant : « Le secret de Toth ». S'il devait y avoir un secret dans ce texte reçu à Noël, une piste pour comprendre pourquoi Leroux s'était donné la peine d'écrire quatre manuscrits, pourquoi ne serait-il pas, tout simplement, là ?

C'est alors que je tombai sur un paragraphe qui me sauta aux yeux :

La lettre du secret de Toth est celle-ci : tu mourras si je veux, par les yeux, le nez, les oreilles et la bouche, car je suis le maître de l'air, de la lumière et du son.

Je sautai de joie comme lorsque, enfant, je jouais au Cluedo. Gaston Leroux avait sans doute trouvé cette idée dans les récits à la mode de son époque sur les divinités égyptiennes.

Je m'en voulais, car j'avais eu toute la soirée l'occasion de parler avec un grand égyptologue, le charmant professeur Laclotte ; il m'avait même invitée à déjeuner. Or, sans vraiment lui répondre, je l'avais évité tout au long de la soirée, voyant que sa délicieuse épouse le regardait d'un air méfiant.

Il avait trouvé un excellent prétexte pour engager la conversation : un de mes précédents livres. Il l'avait lu, adoré m'avait-il dit. Il désirait que nous en parlions puisque le récit se passait sur un site archéologique.

C'était la première fois qu'un ami de Maurice osait évoquer un de mes romans. Tous les autres savaient qu'il s'agissait d'un sujet tabou qui risquait de déclencher les foudres au-dessus de la tête de mon père, dans son entourage féminin pour être précis, où, s'il avait cherché à promouvoir mes romans, on aurait crié à la concurrence déloyale. Il était même sacrilège de dire que j'exerçais la profession d'écrivain. Il convenait d'ailleurs de ne pas savoir très bien ce que je faisais. Maurice et tous ses amis avaient donc pris le parti de l'ignorer. Tout à coup, le compliment du professeur Laclotte était venu déchirer des années de silence. Cela m'avait troublée.

Il est vrai qu'il siégeait à l'Académie des Sciences, et non à la « française », ce qui peut-être lui avait donné cette liberté.

Je regardai ma montre, il n'était pas encore trop tard pour l'appeler chez lui sous prétexte d'avoir trouvé une date en vue de notre déjeuner.

Je profitai de la bonne humeur dans laquelle mon appel le mettait pour l'amener sur le chemin du secret de Toth. Le professeur Laclotte était une sommité respectée de tous. Il me faisait penser au personnage imaginé par Leroux : le grand Loustalot, figure centrale du *Fauteuil hanté*.

L'honneur et la gloire de la science universelle, écrivait le feuilletoniste, *le grand Loustalot était petit, c'est-à-dire d'une taille en dessous de la moyenne.*

Il en allait de même avec le grand Laclotte, il était petit, je l'aimais bien pour ça, surtout qu'il soulignait sa taille modeste par un panama toujours vissé sur son crâne chauve qui lui donnait l'allure d'un personnage tout droit sorti de *Tintin et les sept boules de cristal.* Il passait sa vie allongé sur le dos dans des tombes très étroites de pharaons et de pharaonnes à déchiffrer des inscriptions ésotériques qu'il était le seul à comprendre. Il découvrait des momies comme d'autres les numéros du loto.

Un jour, je lui avais fait remarquer qu'il fumait sans discontinuer de minuscules cigarillos ; il m'expliqua que c'était une habitude dont il n'arrivait pas à se défaire, et que c'était pour lui la seule façon de tenir dans ces endroits exigus et pestilentiels, couché des jours entiers à côté de ses chères momies. Donc, il fumait, fumait, refumait.

Sa compagnie était particulièrement distrayante et reposante, car il suffisait de lui poser une question très simple, telle que « alors, cher professeur, avez-vous découvert une nouvelle tombe ? », et c'était parti pour deux heures d'un exposé passionnant et rocambolesque à la fois. Certains académiciens de ses amis avaient fini par exploiter ses dons de conteur à la télévision, où on avait l'habitude de le voir régulièrement dans des émissions qui avaient tant marqué les esprits qu'on avait toujours l'impression de les avoir vues en noir et blanc.

J'hésitai à lui poser directement la question de Toth ; il était plus de minuit, cela risquait de nous entraîner jusqu'à deux heures du matin. Je tâtai le terrain pour savoir si Mme Laclotte était auprès de lui, il me le confirma tout en ajoutant, d'un ton enjoué, qu'elle dormait à poings fermés. Je me lançai donc.

À l'autre bout du fil, j'entendis une vive exclamation qui m'inquiéta pour le sommeil de Mme

Laclotte, mais il devait être particulièrement profond, car elle ne la réveilla pas. Le professeur évoqua avec un enthousiasme volubile l'extraordinaire coïncidence que représentait ma question. Sa dernière momie, celle qu'il avait exhumée pas plus tard que le mois précédent, tenait sous ses mains croisées posées sur sa poitrine le livre de Toth, celui-là même sur lequel je l'interrogeais.

Il m'expliqua que le texte de Gaston Leroux reposait sur d'importantes découvertes archéologiques qui avaient eu lieu quelques années avant l'écriture de son livre. Ce dernier, m'avoua-t-il, était l'un de ses préférés, et l'avait guidé dans bon nombre de ses expéditions. À chaque fois qu'il avait parié sur la véracité des écrits de Leroux, qu'il avait creusé là où ils lui donnaient des indications, à chaque fois il avait fait des découvertes fondamentales sur les rituels et les croyances de l'ancienne Égypte. Toth, m'apprit-il, était pour les égyptologues un personnage très important ; son livre était censé contenir la synthèse de toute connaissance humaine, et de tout mysticisme.

Toth était souvent représenté avec un corps d'homme surmonté d'une tête d'ibis et tenant une plume de roseau à la main, de celles qu'on utilisait à l'époque pour écrire sur les papyrus. En fait, il était notre ancêtre, notre « saint patron ». Il était le premier scribe de l'histoire de l'humanité, celui qui apporta l'écriture. Les Égyptiens croyaient beaucoup aux vertus de la connaissance pour permettre à chacun de monter dans la hiérarchie sociale.

Mais qui possédait le livre de Toth pouvait grimper encore plus haut, parler directement avec Isis, devenir l'égal des dieux. Sa maîtrise s'étendait alors à tout ce qui obéissait au temps, que ce fût dans le sens négatif, et donc mortel, ou dans celui, positif, de l'immortalité.

On retrouvait cette arme à double tranchant dans la postérité de ce livre. Le mot égyptien *Toth* avait été repris par l'ésotérisme hébraïque et se trouvait être l'origine du mot *tarot*, dont le jeu est bien connu des cartomanciennes, mais aussi du mot *Torah*. Traversant le temps et les cultures, il avait toujours gardé ce même double sens, tarot et Torah, que l'on retrouve à travers toutes ses représentations.

Ce qui fascinait Laclotte dans le fameux livre de Toth, c'est qu'il pouvait être fatal dans certains cas ; d'ailleurs de nombreuses disparitions d'archéologues lui étaient attribuées. Mais dans l'Égypte antique, il était considéré comme un moyen privilégié pour atteindre ce que les pharaons recherchaient pardessus tout : l'immortalité.

L'idée de Gaston Leroux d'utiliser le livre de Toth pour écrire une fiction qui se passât chez les Immortels, lesquels, au demeurant, mouraient comme des mouches, était à la fois drôle et perspicace. Le professeur était convaincu que ce thriller était en fait un livre d'initiés et qu'on n'avait pas fini d'en révéler toutes les ressources.

Voyant que nous allions dépasser les deux heures du matin, je m'empressai de lui demander si les quatre façons de faire jouer la malédiction telles qu'on les trouvait dans le roman – par les yeux, le nez, les oreilles et la bouche – correspondaient à ce que lui avait pu vérifier dans ses recherches sur le terrain. Il me le confirma formellement ; il m'en dirait davantage lors de notre déjeuner. Je lui posai une dernière question avant de raccrocher lâchement, en simulant une panne sur la ligne. Ce pouvoir mystérieux dont il parlait pouvait-il selon lui fonctionner dans la vie réelle, les mêmes causes pouvaient-elles être fatales pour les uns et miraculeuses pour les autres ? Il me répondit oui, sans la moindre hésitation.

Cette conversation tardive m'avait plongée dans un demi-sommeil. Les chimères envahissaient ma somnolence. Maurice était devenu Gaspard Lalouette, marchand de tableaux et d'antiquités parisien, le seul candidat assez courageux pour se présenter sur un fauteuil où tous ses prédécesseurs avaient été foudroyés le jour même de leur élection. De plus, il avait avoué au perpétuel Patard qu'il ne savait pas lire, preuve d'un grand courage, ne serait-ce que parce qu'il fut le seul à le confesser à cet homme, dont chacun savait qu'il pouvait tout à coup faire preuve d'une humeur exécrable et devenir tout sec, nerveux et jaune comme un citron ; on l'appelait alors « monsieur Patate ».

Dans mon rêve, Maurice, qui me paraissait immense, tenait en laisse Toth avec sa tête d'ibis et l'amenait à celui qui jouait le rôle du grand Loustalot : le professeur Laclotte qui, lui, semblait minuscule ; on ne voyait pratiquement plus que son panama. La scène ressemblait à un collage de Jacques Prévert. Ils parlaient de mon futur déjeuner avec l'égyptologue, puis se chuchotaient d'autres choses à l'oreille que je n'entendais pas, des choses qui me semblaient inquiétantes.

Je passai ensuite en revue les trois victimes de la malédiction de Toth. D'abord, Jehan Mortimar, terrassé par la « chanson qui tue » ; je me dis que j'en connaissais quelques-unes qui pourraient bien faire le même effet. Ça, c'était pour l'oreille. Maxime d'Aulnay, tué par un rayon, c'était pour l'œil, et Martin Latouche, l'auteur des *Parfums magiques*, était mort très logiquement par le nez. Tous les trois avaient eu le malheur de découvrir la supercherie du grand Loustalot qui n'était pas du tout un éminent savant, mais un monstre gardant enfermé dans sa cave un authentique génie, Dédé, le véritable auteur de ses découvertes et de ses inventions. Circonstances d'autant plus troubles que l'on découvrait à la fin que ce pauvre Dédé n'était autre que le fils de Loustalot. Je n'étais pas loin d'incarner une version féminine du personnage.

Je m'endormis, consciente qu'il me faudrait percer le mystère du manuscrit, qui devenait peu à peu mon livre de Toth, avec le sentiment que ce demi-rêve n'annonçait rien de bon et que nous nous rapprochions du moment fatidique où j'allais devoir jouer mon rôle d'exécuteur testamentaire d'une ultime volonté qui me semblait impossible à réaliser.

Troisième épisode

AUX INVALIDES

Jamais je n'aurais pu imaginer voir ce jour, sentir le vent glacial du petit matin me traverser ainsi le cœur. Paris défilait sous mes yeux noyés par les larmes. Assise à l'avant du fourgon noir, le cercueil en bois sombre de Maurice derrière moi, j'avais la sensation que j'allais m'évanouir, disparaître, pour ne plus penser, ne pas vivre ces funérailles, ces adieux pour toujours.

Maurice s'était endormi quelques jours auparavant, et il avait oublié de se réveiller. Lorsque j'avais été prévenue, je n'avais pas compris tout de suite ; j'étais passée chez lui la veille en fin de journée, nous avions discuté de mille choses, je lui avais raconté ce rêve que je gardais en moi depuis plusieurs semaines, et même si je le savais fatigué, même s'il somnolait plus souvent que de raison, même si je croyais m'être préparée à cette idée, je ne pouvais la concevoir.

J'étais accourue, mais il était trop tard. Il était parti. Il m'avait laissée orpheline à jamais de nos rendez-vous, de nos balades dans les musées, dans les églises, les cathédrales, de nos fous rires. Je ne l'entendrais plus le matin me dire « Je te réveille ? », le soir murmurer « Tu vois, les jours rallongent ». Ma vie allait prendre pour toujours la couleur de son absence.

Il avait reposé sur son lit durant trois jours, dans son habit vert, sa grand-croix de la Légion d'honneur sur sa poitrine, son épée posée sur son lit de velours carmin. Tant de gens étaient venus se recueillir, tous ses amis, ses compagnons de route, avec à chaque fois le sentiment qu'il allait tant manquer à tous.

Ma sœur aînée avait tout pris en mains. Elle avait fait le portrait officiel du président de la République qui se trouvait accroché dans toutes les mairies de France. Elle était suffisamment proche de lui pour l'appeler et lui annoncer la mort de son ami. Le président, très bouleversé par la disparition de cet homme dont tout le monde pensait qu'il était immortel, ordonna que ses obsèques se déroulent dans la cour d'honneur des Invalides. Ma sœur se chargea des opérations, du protocole, de tout ce qu'il y avait à faire. J'étais pour ma part engourdie, étrangère à moi-même, comme si une autre allait prendre ma place, laissant celle que j'étais m'engloutir avec lui.

Dans le fourgon mortuaire, j'enroulai mon écharpe autour de mon cou pendant que le véhicule manœuvrait devant le dôme des Invalides. Je réfléchissais à ce nouveau moi, et à la mission incroyable qui m'attendait. Devenir la gardienne de son éternité.

Arrivée dans l'immense cour carrée, je fus surprise de découvrir la présence de tous les corps constitués. Ils m'impressionnaient cependant moins que cette mission vertigineuse, ce défi lancé à toutes les divinités, qui semblaient elles aussi réunies dans ce lieu. Tout cela était-il possible, ou bien était-ce le dernier jeu que Maurice aurait mis en place pour me faire tenir debout, pour prolonger le lien malgré l'absence ?

La musique militaire et les roulements de tambour qui accompagnèrent l'arrivée du cercueil porté par des militaires placés au centre d'un véhicule de parachutistes me glacèrent le sang. Je tremblais de la tête aux pieds, j'avais du mal à contrôler les mouvements de mon corps. Seul le discours du président de la République commença à me réchauffer le cœur.

Avec Maurice Rheims, la France perd un de ses honnêtes hommes les plus brillants. La singularité de son talent, sa rare érudition et l'acuité de son regard sur le monde et sur son temps témoignaient à merveille de cet esprit français qu'il aimait tant.

Maurice Rheims était un homme de passion, de courage et de flamme. Par ses affinités, sa curiosité inlassable et ses coups de cœur, il avait su faire de la beauté, du rêve et de l'esprit un véritable art de vivre.

Comment parviendrais-je à lui permettre de se maintenir dans cet art de vivre au-delà de sa disparition ?

Nous aimions lui et moi nos promenades dans les cimetières, ils étaient pour nous des lieux de beauté, de rêve. Mais il se passa alors une sorte de phénomène incongru, comme quelque chose qui nous échappe, parce que l'instant est trop dur, trop violent, et que nos nerfs lâchent en pleine solennité ; au fond du chagrin, un détail, un accident peut arriver et déclencher en nous une envie de rire. Je sentais une présence derrière moi, la sienne, qui me poussait à la faute car Maurice avait horreur du grandiloquent. Les faits me semblaient surréels, surréalistes. Comme cet ami que je n'avais pas vu depuis longtemps et que je mis un moment à reconnaître car il portait une curieuse casquette enfoncée jusqu'aux yeux. Il avait réussi à se faufiler jusqu'à moi durant les nombreux discours alors que j'étais un pas devant la ligne, face au cercueil, déjouant je ne sais comment la sécurité.

Il s'approcha suffisamment près pour me parler à l'oreille, pour me reprocher de ne jamais l'appeler et me faire promettre de déjeuner avec lui la semaine suivante. Puis il fit demi-tour prestement pour retourner à sa place et dans un même mouvement il eut le temps de me dire la phrase qui tue :

— Les amis ça sert à ça !

J'avais l'impression que c'était Maurice qui me l'avait envoyé pour me mettre à l'épreuve. Mais je résistai et restai impassible, pas de fou rire possible. J'eus à cet instant envie de hurler, de dire « coupez », de remonter la bobine de ce film dont j'étais moi-même l'actrice, mais je n'avais pas écrit ce scénario, cette histoire, ce jour aux Invalides. « Maurice, viens me chercher », combien de fois avais-je prononcé ces mots en pensée ? Il fallait me reprendre, rester digne, silencieuse, ne pas me plaindre, ne rien montrer, comme Maurice me l'avait si bien appris.

Il ne me restait plus qu'à m'interroger sur les conditions dans lesquelles j'allais accomplir ses dernières volontés. Je savais que ce n'était qu'à l'intérieur du manuscrit de Leroux que je trouverais la solution. Mais je ne pouvais qu'être effrayée par la tâche qui m'attendait.

Pour remplacer Maurice sur le fauteuil 32, me disais-je, il faut avoir été élu, condition nécessaire mais pas suffisante. Il faut aussi avoir été reçu officiellement sur ce siège. Pour y parvenir, selon les statuts de l'Académie, il faut prononcer l'éloge de son prédécesseur non sans avoir auparavant soumis son discours aux gardiens du temple qui peuvent très bien ne pas l'accepter. J'espérais qu'il y aurait une faille dans le dispositif, qui allait peut-être me permettre d'avancer dans ma mission.

J'écoutai avec la plus grande attention, mais aussi avec tant d'émotion les hommages qui lui étaient rendus par ceux qui occupaient les dignités requises pour faire ces discours, mais qui, surtout, étaient ses proches, ses amis, qui le connaissaient intimement et étaient en mesure de le faire.

Ils dirent des choses essentielles et si justes :

Qu'un homme comme Maurice, *avec tout ce qui permettait d'avoir une vie heureuse, pouvait, lui aussi, rencontrer un malheur insurmontable.*

Penchées sur son berceau, les fées lui avaient offert *une des intelligences les plus vives de son temps, un charme à faire tomber tous les obstacles, et ce courage dont il a fourni tant de preuves sur les champs de bataille*, mais il y avait aussi une méchante fée, qui *lui porta le coup le plus cruel qu'on pût imaginer, la mort de son fils, qui jeta l'ombre du malheur sur une vie triomphante.*

Je découvrais qu'il n'était possible de parler de cet homme qui avait en lui une palette de personnages si différents que si on l'avait connu de très près. *Passionné et sceptique, il était attaché plus que personne aux choses de ce monde dont il était toujours prêt à se détacher avec une espèce de grandeur, il était le seigneur, souriant et railleur, de toutes les contradictions.*

C'est à ces mots que je compris la différence entre l'hommage rendu à ce moment-là par ses intimes, et l'éloge qui devait peut-être permettre un jour d'occuper son fauteuil.

Pour savoir parler de lui, il fallait avoir été faubourg Saint-Honoré les dimanches, avoir passé l'hiver à San Zanipolo, l'été à Saint-Florent – *comme la Corse est vide, tout à coup, comme la neige perd son éclat, comme la mer devient grise !*

Plus les discours se succédaient, plus je percevais la frontière subtile entre hommage et éloge. Par leur beauté, leur force, leur charge d'émotion, leur justesse, les hommages formaient un rempart de plus en plus infranchissable pour l'éloge. Encore une fois, impossible de parler de lui si on ne l'avait pas connu. C'était ce qui transparaissait dans cette cérémonie à la fois si solennelle et si intime qui se refermait encore davantage sur la suivante, sauf à faire disparaître la réalité de l'homme qu'il fut, pour en faire un personnage de fiction, chose inacceptable pour chacun puisqu'elle consiste à transformer la vie d'un homme qui a bel et bien existé en un fragment illusoire de l'œuvre littéraire de son successeur. Cette forme d'autoglorification était à mes yeux le contraire de l'hommage qui devait lui être rendu sous la Coupole.

Était-ce une fiction *le courage dont il fit preuve durant la guerre, qui lui valut les plus hautes marques de reconnaissance de la nation* ? Faut-il créer une fiction parce que *ce héros garda toujours le silence sur ses hauts faits d'armes,* parce que *ce Lorrain, fils d'un général blessé à Verdun, élevé dans le culte de la patrie, pensait que le courage qui avait été le sien, les services qu'il avait rendus à son pays étaient tout naturels* ? Était-ce une fiction, cette découverte qu'il fit pendant les années de guerre que *les Juifs avaient cessé d'être tenus pour des Français* ?

Cette réalité brûlante, le choc que ressentirent les Juifs patriotes, Maurice l'avait évoquée dans l'éloge qu'il fit lui-même de Robert Aron au moment où il lui succéda au fauteuil 32.

Lequel d'entre nous, dit-il, *ne fut pas alors blessé dans ses convictions, dans ses affections, dans son esprit, dans sa conception de la liberté, dans son amour du pays ?*

Fiction peut-être aussi lorsqu'il s'évade de Drancy, s'engageant dans la clandestinité, assurant les liaisons avec la France occupée, avant de rejoindre la France combattante et de s'engager dans ce commando de parachutistes dont le fanion était posé là, sous nos yeux, sur son cercueil ; fiction encore cette grand-croix de guerre avec quatre citations, cette Légion d'honneur, cette médaille de la Résistance à deux faces, intérieure et extérieure, fiction que cette lutte pour la libération de Paris ?

Ce qui me frappait de plus en plus en regardant tous ses illustres confrères en habit vert face à moi, à côté des membres du gouvernement, c'était la difficulté, la quasi-impossibilité de le définir.

Tout était si singulier dans son existence, sa guerre, sa réussite, ses amours. Au point que ses amis les plus proches disaient de lui qu'il était insaisissable. C'était l'homme le plus libre qu'il m'eût été donné de rencontrer, libre et pourtant si responsable. Lorsqu'on l'interrogeait sur sa présence à l'Académie, il répondait qu'il apportait à cette institution « une note d'éphémère ». N'était-ce pas cela le pied de nez qu'il avait envie de faire à l'immortalité, de la fonder sur l'éphémère ?

Peu à peu je reprenais mes esprits et je parvenais à saisir la mesure de la cérémonie qui était en train de se dérouler en son honneur. C'était bouleversant, d'une beauté et d'une gravité sans pareil, un peu comme une symphonie, un requiem sans note à part le clairon qui résonnait au loin. Je regardai chaque personnalité, dont certaines immortelles, ou du moins promises à être présentes longtemps dans la mémoire collective. La haute stature du chef de l'État. La ministre des Armées les mains gantées de noir. Les avocats en grandes robes, compagnons de son fils défunt. Ma sœur, toujours si droite dans le manteau de mon père. Je me disais qu'aucun d'entre eux n'avait ce caractère éphémère que lui assumait pleinement pour franchir cette frontière définitive du temps.

Le chœur de la Garde républicaine entonna *Le Chant des partisans*, et je ne pus retenir mes larmes. Je levai les yeux sur la façade qui nous surplombait. Tout à coup, je crus apercevoir derrière l'une des fenêtres une silhouette familière. Je balayai du regard les coursives ; aucune autre présence que celle qui, dans le coin d'une vitre, semblait regarder dans ma direction. Je plissai les yeux pour tenter de mieux distinguer les détails de cette apparition.

C'était lui, j'en étais sûre, dans sa grande tenue, tenant à la main son bicorne. Maurice me regardait fixement avec ce léger sourire que j'aimais tant. Tout se mit à tourner autour de moi. Je vis son bras se lever, et son doigt venir se poser sur ses lèvres. Je crus un moment qu'il me faisait signe de me taire. Mais en fait, ce n'était pas ça. Je compris soudain qu'il me montrait sa bouche avec son index.

J'étais plongée dans mes réflexions, mêlant l'éphémère et l'immortel, la fiction et la réalité. Il était clair que si Maurice n'était absolument pas un personnage de fiction, il n'en demeurait pas moins qu'il semblait être devenu un fantôme.

Tout devint lumineux. Il m'envoyait un signe pour m'indiquer ce que je devais faire. Pourquoi me montrait-il sa bouche ? Cette question me renvoyait au secret de Toth. J'eus un moment de panique ; je ne voyais pas le professeur Laclotte, était-il possible qu'il ne fût pas venu ? Était-il avec Maurice derrière cette fenêtre ? Je fus soulagée de le découvrir enfin derrière une rangée de dames à hauts talons. Le grand Laclotte était si petit, et en plus ce jour-là il n'avait évidemment pas son panama qui m'avait toujours permis de l'identifier.

Je me remémorai le récit de Leroux et la conversation avec le professeur sur le livre de Toth, en particulier sur les différents points de la malédiction : les yeux, le nez, les oreilles... Je pris tout à coup conscience que dans *Le Fauteuil hanté* les trois académiciens foudroyés l'avaient été par ces orifices, mais aucun par la bouche.

En écoutant la beauté des hommages rendus par ses amis dans la cour d'honneur des Invalides, je me dis à nouveau que l'éloge de Maurice qui devrait être prononcé par son successeur au cours de la cérémonie de réception ne serait pas une mince affaire. D'abord à cause de son côté insaisissable, ensuite parce qu'il faudrait lire et comprendre l'ensemble de son œuvre. Or Maurice, s'il fut un cancre au cours de sa pré-adolescence, ce dont il se glorifiait en disant à qui voulait l'entendre qu'il avait échoué à son certificat d'études, était devenu un des hommes les plus érudits de ce monde, qui avait abordé dans ses nombreux ouvrages des questions dont seuls les spécialistes pouvaient mesurer la portée. Il était pour tous les musées du monde l'expert que l'on devait consulter. Pour percer le mystère de *la vie étrange des objets*, il fallait comprendre, ressentir, analyser les ressorts profonds des civilisations disparues.

Ainsi, lorsque Federico Zeri venait le consulter pour élucider une énigme à propos d'un tableau, d'une sculpture, d'un trésor que voulait acquérir le musée d'Orsay, le Louvre ou la Fondation Getty de Los Angeles dont il était le conseiller, ils s'enfermaient dans son bureau pendant des heures, non pas pour parler de l'histoire de l'art comme tout le monde aurait pu le penser, mais pour plonger dans les entrailles de ces civilisations englouties. Évoquer comme il le faisait communément la curiosité, cela ne ferait qu'un petit paragraphe dans le discours-fleuve qu'il faudrait écrire.

L'idée me traversa que je trouverais bientôt dans le manuscrit un indice se rapportant à la bouche, qui me renverrait à la question du discours, celui que son successeur devrait prononcer.

Je relevai la tête, scrutai la fenêtre derrière laquelle je l'avais aperçu, espérant entrevoir chez lui un signe d'approbation en réponse à mes pensées. Mais plus rien, il n'y avait plus personne. Je regardai l'alignement géométrique des ouvertures de cette façade si parfaitement dessinée, elles étaient toutes désespérément vides.

Dans la voiture qui me ramenait, je ne pouvais oublier cette apparition, mais je revins à la raison.

Il s'agissait d'une illusion, d'une sorte d'hallucination déclenchée par la tristesse, le froid et la lourdeur de cette cérémonie. Le choc affectif que j'avais subi m'avait fait entrapercevoir un mirage. J'étais impatiente de revenir chez moi pour ouvrir le coffre et me plonger dans le manuscrit afin de découvrir le message qu'il contenait.

En chemin je repensai à l'existence du second *Fauteuil hanté* de la main de Leroux : était-il possible que Maurice ait eu le temps, avant de disparaître, d'engager l'expertise de ce document ? Si c'était le cas, aurait-il demandé qu'on le lui confiât ? Il aurait pu, par exemple, expliquer qu'il devait faire ce travail chez lui étant donné son état de fatigue. Je m'en voulais de ne pas avoir pris le temps d'en parler avec lui.

J'avais depuis toujours gardé la clef de son appartement et j'habitais à deux pas. Il lui arrivait souvent de m'appeler pour un rien ; alors je passais m'asseoir près de son bureau, je le regardais écrire sans dire un mot, ou je m'asseyais en tailleur au bout de son lit, et nous parlions d'art, de vanités, des autres, de ceux qui nous entouraient. J'aimais son regard sur le monde, sur les choses les plus intimes.

Je demandai de faire une halte devant son immeuble et j'entrai dans son appartement. Tout était vide, et les pièces me parurent encore plus immenses ; je le ressentais violemment dans ce lieu qui n'avait plus de sens. Je me promis de ne jamais y revenir.

Dans l'hypothèse où il aurait conservé ce document, il ne l'aurait jamais placé dans le coffre, considérant que c'était le premier endroit où on le chercherait. J'entrai dans une pièce plus exiguë que les précédentes, une deuxième salle à manger avec une petite table ronde au centre.

C'est là que nous prenions nos repas quand nous étions tous les deux, c'est là aussi que Barbe bleue recevait ses conquêtes d'un jour ou d'une vie. Il n'y avait pas d'ouverture, seulement quatre murs recouverts par une tapisserie de Mentmore représentant des scènes de la mythologie grecque. À chacun des quatre angles, il y avait une statue placée sur un socle ; en face de moi, je contemplai une fois encore le chat saïte qui m'avait toujours fascinée.

Je revis Maurice passer parfois son bras derrière ce bronze pour écarter la tapisserie. Je fis machinalement le même geste, je sentis une minuscule poignée ; je tirai d'un coup sec et passai la main. Il y avait une reliure de cuir, dont je caressai un instant la surface. Je savais que c'était ce que je cherchais. La glissant lentement le long du tissu je m'en emparai, puis refermai derrière moi la lourde porte de l'appartement à qui je dis adieu pour toujours, et emportai ce trésor chez moi.

Quatrième épisode

Les secrets de papier

En rentrant chez moi, j'eus soudain une angoisse. Et si le manuscrit offert par Maurice à Venise n'était qu'une illusion comme son apparition derrière la fenêtre des Invalides, un fantasme produit par son imagination et par la mienne ?

Je me précipitai vers le coffre, ratai à plusieurs reprises le réglage secret des quatre manettes tant j'étais fébrile. Finalement, je réussis à ouvrir la petite porte blindée.

J'étais accroupie sur le sol, le coffre étant scellé par terre à l'intérieur d'un placard obscur, mes genoux commençaient à me faire souffrir, quand je le vis.

Je le pris dans mes mains avec un soupir de soulagement, puis allai chercher l'autre dans mon sac ; il était là aussi ce deuxième manuscrit trouvé dans le placard secret de Maurice, ces pages volées par un conservateur sans scrupule.

Je les posai tous les deux l'un à côté de l'autre sur la table longue et épaisse de chêne clair que j'avais préalablement débarrassée de tout ce qui traînait. Je fermai les portes, les volets, plaçai une lumière au-dessus des deux documents, et m'installai sur une chaise devant eux comme si j'allais devoir passer ma vie assise là, à étudier ces deux talismans afin qu'ils me livrent leurs secrets.

La table sur laquelle je les avais posés était celle de mon frère. J'avais l'impression, en travaillant là, d'être en communication avec lui à travers le bois qu'il avait tant de fois effleuré. Au moment où j'allais commencer à les déchiffrer, j'eus la sensation que nous étions trois.

J'observai d'abord les deux reliures de cuir des manuscrits. La première, celle que m'avait donnée Maurice, était bleue. La seconde était rouge. Rien n'était inscrit sur cette dernière

Je les ouvris délicatement. Je regardai attentivement l'écriture. Ces manuscrits étaient sans aucun doute de la même main. Il me semblait d'ailleurs surprenant que la mise en page fût à ce point identique. Lorsque l'on recopie un document, il y a toujours de petites différences qui font, par exemple, que le premier et le dernier mot de la page ne sont pas les mêmes. Mais ici, à ma grande surprise, c'était le cas, comme si le second manuscrit était une sorte de fac-similé du premier.

Je savais que cela se pratiquait beaucoup, et j'avais appris à détecter ce genre de copie à l'aide d'une lumière rasante. Gaston Leroux avait peut-être utilisé pour y parvenir un procédé de mise en transparence, comme avec un calque ; en posant deux feuilles sur une plaque de verre avec un éclairage par-dessous, on devait pouvoir y arriver. Il y avait pourtant une différence entre les deux : celui qui se trouvait dans la reliure bleue avait été écrit à l'encre bleue et celui qui se trouvait dans la reliure rouge l'avait été avec de l'encre… rouge.

Je commençai par le bleu puisque c'était celui que Maurice m'avait offert à Venise, et que c'était dans celui-ci que se trouvaient ses dernières volontés académiques. J'avais pris soin de placer juste au-dessus un petit lutrin sur lequel j'avais posé le livre de poche du *Fauteuil hanté* de façon à pouvoir noter sur un carnet toutes les différences entre ce qui avait été écrit à la main et ce qui avait été imprimé.

Je ne pouvais plus attendre. J'allai d'abord vérifier dans le rouge si l'on y retrouvait le chiffre 4 inscrit en bas de la dernière page. Il y était. S'il s'agissait bien d'une indication du nombre d'exemplaires, il y en avait donc un troisième, un quatrième, et je n'en avais que deux.

J'eus un moment de découragement. Ces épreuves m'avaient épuisée ; je m'allongeai un peu puis m'attelai à cette tâche qui me semblait de plus en plus immense. Cependant, l'excitation était la plus forte, mon esprit tournait en tous sens ; il devait bien y avoir quelque part deux autres manuscrits, l'un écrit avec de l'encre verte, couleur qui s'imposait pour ce sujet académique, et l'autre, le quatrième, avec de l'encre noire, ce qui semblait aller de soi puisque c'était la couleur du deuil qu'il convenait de surmonter.

J'avançai donc tout doucement dans le récit en prenant des notes, et je fus frappée de découvrir des dessins originaux de Babelay, des inédits qui avaient été utilisés pour illustrer la première édition. Était-il possible que l'artiste eût placé un original dans chacun des manuscrits ? Ou bien Gaston Leroux, utilisant une technique de calque, les avait-il lui-même reproduits à la main ? Cette deuxième hypothèse me semblait plus plausible car j'étais devant un travail d'initié avec peut-être des pouvoirs magiques transmis par le papier. Et si Leroux avait les pouvoirs d'un sorcier ? Il s'était bien gardé de mettre Jean-Louis Babelay dans la confidence. On pouvait même se demander si ce nom fameux n'était pas un pseudonyme utilisé par Leroux pour illustrer ses feuilletons, car, en regardant sur internet, je ne trouvai aucun lien le concernant.

Parvenue au soixantième feuillet, j'ouvris le cinquième chapitre au titre sibyllin de « L'expérience numéro trois », qui commençait ainsi : *Le grand jour arriva, il avait été fixé par l'Académie, le quinzième qui suivit les obsèques solennelles de M. Charles Albert Costa de Beauregard* – devenu dans le roman Maxime d'Aulnay. Il fut remplacé sur le fauteuil 32 par Hippolyte Langlois – Hippolyte Latouche dans le roman – lors de la publication du *Fauteuil hanté* en 1910, et mourut quelques semaines après sa réception. À l'époque, il ne devait pas être trop difficile de reconnaître les vrais personnages utilisés par Leroux, soit parce que leur nom n'était que légèrement déformé, soit par leurs caractéristiques physiques faciles à identifier, soit par de petits détails que seuls leurs intimes pouvaient reconnaître.

L'illustration de ce soixantième feuillet était un dessin représentant un homme coiffé d'un chapeau haut-de-forme, avec un parapluie noir qui lui remontait sous le menton ; des nombres 40 semblaient sortir de sa tête comme un symbole de l'obsession de pourvoir les quarante fauteuils. Dans le coin de la feuille, en haut à droite, avait été dessiné un œil à l'intérieur d'un triangle. Cela ressemblait à un symbole maçonnique. Juste en dessous étaient inscrits les chiffres 01.

Je me précipitai sur le manuscrit rouge pour vérifier sa similitude. Le dessin était strictement identique mais dans le coin supérieur droit de la page, il n'y avait rien. En revanche, juste en face, dans le coin supérieur gauche, avait été dessinée une oreille, et en dessous, les deux chiffres 04. C'était le début du code secret qui permettait d'ouvrir le coffre de Maurice. Il était né le 4 janvier 1910, et pour ne pas prendre le risque d'oublier la combinaison, il avait choisi 4.1. 19.10. Si jamais un jour je parvenais à découvrir les deux autres, j'y trouverais probablement les mêmes dessins ; dans le troisième, celui à l'encre verte, il y aurait en bas à gauche le dessin d'un nez avec en dessous les chiffres 19, et dans le dernier, à l'encre noire, le dessin d'une bouche avec le nombre 10.

Je me pris à rêver à cette logique implacable ; l'astuce de ces combinaisons me laissait songeuse. Je ne sais pas pourquoi, je me souvins à cet instant qu'il y avait une date inscrite en chiffres romains à la fin du manuscrit sous la mention du nombre d'exemplaires comme on le faisait à l'époque pour le dépôt légal des livres publiés. Je fus parcourue d'un frisson en découvrant qu'il s'agissait de la date de naissance de Maurice. La probabilité que ce fût une coïncidence était infime. Je ressentis une émotion mêlée de frayeur. Je décidai d'aller me coucher, de couper le circuit de ma tête qui allait exploser. Je m'endormis sans m'en apercevoir.

Au réveil, je sautai du lit pour vérifier que les deux documents étaient toujours sur la table, que je n'avais par rêvé. Ils se trouvaient toujours ouverts à la page du dessin de Babelay avec les nombres 40 tournoyant autour de la tête de celui qui devait représenter le perpétuel. Seul lui pouvait être ainsi obnubilé par l'occupation de ces quarante sièges, et il est vrai que les circonvolutions et les roueries de ses pensionnaires au moment des élections pouvaient lui donner le tournis. Comme, selon le titre du huitième épisode du *Fauteuil hanté*, *en France, l'immortalité diminue*, il s'agissait d'un jeu permanent.

Je me remis à ma table de travail. Mon premier geste fut de tourner les trois pages illustrées alors que toutes les autres n'avaient été utilisées que pour écrire. Dessinées au recto, on pouvait apercevoir sur le verso de deux d'entre elles des inscriptions semblables à des hiéroglyphes. Je regardai attentivement ces symboles représentant des hommes dans diverses postures, accompagnés de sortes d'oiseaux… des ibis me semblait-il. Était-il possible que ce fût le livre de Toth ? Je décrochai mon téléphone et appelai le professeur Laclotte. Cet appel juste après les funérailles de Maurice étant susceptible de le surprendre, je fus obligée de le mettre en partie dans la confidence.

Maurice m'avait confié une page de hiéroglyphes égyptiens en me disant que je ne devrais la lire qu'après sa mort pour tenter de la comprendre. J'expliquai au professeur qu'il était évidemment le seul auquel je pouvais en confier le secret et que son aide m'était indispensable pour comprendre les dernières volontés de mon père. Laclotte ne sembla pas surpris. Il avait initié Maurice qui était devenu familier des hiéroglyphes.

Nous nous retrouvâmes le soir même dans un restaurant japonais. Grâce à un paravent, nous nous tenions à l'écart des autres clients. À peine installés, je ne lui laissai même pas le temps de passer sa commande, et posai le document sur la table face à lui. Il sortit alors une paire de gants blancs.

— Un bon égyptologue a toujours dans sa poche des gants de laboratoire qui le protègent contre les divers poisons qu'il pourrait rencontrer lors de ses fouilles, en particulier sur les papyrus, me dit-il en souriant.

Il prit la page, s'apprêta à se plonger dans les inscriptions, puis me regarda l'air penaud, et rangea ses gants dans sa poche. Il ne s'agissait visiblement pas d'un papyrus.

Après avoir commandé un assortiment de sushi avec du saté chaud, il se lança dans l'analyse des hiéroglyphes. Il adopta pour cela un ton froid et précis, comme un chirurgien commentant des radiographies sur un écran lumineux. Il commença par confirmer qu'il s'agissait bien du livre de Toth, dans les mots duquel avaient été intercalés des symboles probablement ésotériques et d'origine tardive, ce qui en changeait particulièrement le sens.

— Regardez ! s'écria-t-il tout à coup en me montrant la figure d'un animal mythologique. C'est vous, cette lettre vous est adressée.

J'avais beau regarder ce curieux animal, je ne me reconnaissais pas, mais je lui faisais confiance. S'il pensait que c'était moi, c'était forcément vrai.

Il se replongea dans sa dissection, la commentant d'une voix monocorde. Il avait trouvé les quatre parties du visage : les yeux, les oreilles, le nez et la bouche. Je l'interrompis pour qu'il m'en donne la signification.

— Oh, ce n'est rien, me répondit-il, ce sont les orifices que vise la malédiction de Toth pour faire disparaître celui sur lequel elle s'abat. D'ailleurs Gaston Leroux s'en est servi pour faire mourir les académiciens du *Fauteuil hanté*.

Lorsque je lui fis la remarque qu'un orifice, la bouche, ne figurait pas dans le roman, il prit un air songeur et murmura :

— Tiens, vous avez raison, je ne l'avais pas remarqué.

Il mit ça sur le compte de l'invraisemblance de la narration. Trois académiciens morts brutalement pendant leur réception, c'était déjà beaucoup, « quatre, ma chère amie, vous perdez des lecteurs », me dit-il avec un sourire étrangement différent. Soudain, il me parlait comme à un confrère, et non plus comme le chat à Alice. Ce changement m'intrigua.

Après avoir découvert les quatre orifices, il évoqua les quatre couleurs et je vis que nous avions la même intuition, puis il finit par les quatre nombres. Comme je lui demandais finalement de quoi il s'agissait, il me répondit qu'il devait exister quelque part deux autres pages reprenant ces hiéroglyphes avec des variantes, et que pour être tout à fait sûr de leur signification, il lui fallait pouvoir comparer les quatre.

Il en avait suffisamment vu pour m'expliquer qu'il s'agissait d'éléments utilisés dans un tétragramme de transmutation à la grande époque de l'alchimie, vers le Xe siècle, en particulier du côté de Cordoue où l'on essayait de tout transmuer en or. C'était un rêve ancien, un désir systématique. Certains magiciens qui connaissaient à cette époque les pouvoirs maléfiques du livre de Toth avaient entrepris d'en faire de l'or, et de le changer en une puissance bénéfique qui aurait le pouvoir de guérir toutes les maladies. Voyant mon étonnement, le professeur me confirma que pour les magiciens la mort n'était qu'une simple maladie que l'on avait su guérir bien des siècles auparavant.

— On retrouve la trace de tout cela dans les textes sacrés, ajouta-t-il, et on ne tarderait pas, d'après lui, d'en retrouver la formule.

Ainsi, le livre de Toth, instrument de destruction par excellence, pouvait si on en avait le pouvoir se retourner en un sortilège apportant l'immortalité. C'est la raison pour laquelle il avait absolument besoin des deux autres pages afin de m'en dire plus.

Il insista pour que je lui rapporte les paroles de Maurice au moment où il m'avait transmis ce document. Je lui répondis qu'il m'avait simplement dit que j'y trouverais l'expression de sa dernière volonté. Il prit son menton entre ses doigts et hocha la tête en répétant :

— Oui, bien sûr, je vois, très intéressant.

Dès que je fus revenue devant ma table de travail, le téléphone sonna. C'était un modèle ancien en bakélite noire, avec un cadre rond, qui semblait tout droit sorti d'un film d'Hitchcock. Je l'avais depuis des années, vestige de mon enfance, je l'adorais. Personne en dehors de Maurice n'avait ce numéro. Je faisais toutes les nuits depuis une semaine le même cauchemar : je tentais de l'appeler, mais mon doigt ne cessait de glisser sur le cadran, impossible de le joindre, je me réveillais en sueur avec la gorge nouée. Avais-je déjà réussi, grâce au rendez-vous avec le professeur Laclotte, à rétablir un contact avec l'au-delà ?

Je décrochai le combiné, hésitante, mais je fus immédiatement obligée de l'éloigner de mon oreille tant la voix à l'autre bout du fil était timbrée et nasillarde.

L'homme avait dû avoir le numéro par la secrétaire de Maurice. Il me parlait de façon naturelle, comme si nous nous connaissions depuis toujours. Mais j'avais du mal à le reconnaître. Il enchaînait les phrases, en prenant parfois de longues inspirations.

Était-il possible que ce fût Jean-Pierre Pompeult ? Ça m'en avait tout l'air.

Une telle sommité me parlait, lui si lointain pourtant. Devenu spécialiste incontournable du Xe siècle, période qu'il considérait comme la plus importante de l'histoire de l'humanité, et après laquelle, selon lui, les civilisations avaient sombré dans la décadence la plus complète, dont notre époque n'était que l'aboutissement catastrophique, il jetait sur le monde moderne et sur tous les êtres qu'il rencontrait un regard de mépris souverain à l'exception de quelques rares personnalités qu'il considérait au-dessus des autres, et qu'il courtisait sans relâche.

Pour savoir, disait-on, ce qu'il y a dans les dizaines d'ouvrages de Jean-Pierre Pompeult, il suffit de lire son nom sur la couverture, ce qui était bien pratique et faisait économiser du temps. Mais cela relevait d'un esprit de potache et la galéjade n'était pas ce que Jean-Pierre Pompeult pratiquait le mieux.

Pourtant, à cet instant, il me parlait comme si nous conversions chaque jour. J'étais de plus en plus intriguée, mais le fus encore davantage lorsqu'il se mit à me parler de mes livres. Cela ne pouvait être qu'une blague. Mais non, on avait dû lui faire des fiches. Je venais de voir une très belle exposition sur l'art de Cordoue au Xe siècle, je crus qu'il était possible de l'évoquer en retour, mais ma réponse fut accueillie par un silence glacé. Après une hésitation où je l'imaginais balayer tout cela d'un revers de la main, il finit par se lancer dans ce qui était le véritable objet de son appel.

Il avait bien conscience qu'il était trop tôt pour en parler et que la bienséance imposait un délai important pour aborder ce sujet délicat, mais il avait dîné avec l'homme à l'écharpe mauve, dont l'épouse était une Mesmacher. Ils s'étaient dit que la bataille serait longue et complexe pour l'élection au fauteuil de Maurice. Il avait été mandaté par un petit groupe de personnes importantes qui se trouvaient à ce dîner pour évoquer avec moi la question de la suite…

Il partit dans une kyrielles de ronds de jambe et d'excuses, et en profita pour glisser une phrase d'un de mes romans sur le deuil. J'étais ivre de ses mots, je pensais que le temps de devenir adulte était enfin arrivé, et que tout ce petit monde semblait s'en apercevoir. Cependant, comment pouvait-il penser que mon avis aurait une quelconque importance ? Je lui signalai qu'il serait présomptueux de ma part d'intervenir dans des décisions qui ne concernaient que le cercle des hommes illustres, dont tout le monde savait que les votes étaient imprévisibles.

Il était acculé à me dire ce qui le préoccupait.

Au cours de ce dîner était également présente la nouvelle perpétuelle que j'adorais et avec laquelle j'avais tant de plaisir à bavarder le dimanche soir au faubourg. Son mélange de douceur et de force m'impressionnait et le regard si bienveillant porté sur toute cette compagnie la rendait tellement plus humaine. Un nom avait été avancé ; elle avait réagi en disant que Maurice n'aurait pas aimé qu'il le remplace sur son fauteuil. Puis elle avait ajouté derrière sa serviette une phrase que Pompeult avait eu du mal à entendre mais qui semblait être « Il faudrait en parler à sa fille ».

Donc, en rentrant chez lui, il s'était précipité sur le téléphone pour appeler ma sœur. Il fut accueilli froidement. Elle lui fit remarquer ce qu'il y avait d'indécent dans sa démarche alors qu'elle était en plein deuil, plongée dans son chagrin, et ajouta que même s'il la rappelait dans un an, elle ne se prononcerait pas. Puis elle raccrocha brusquement, ce qui n'était pas dans ses habitudes.

J'aurais bien aimé en faire autant, mais quelque chose me retenait, lié à ma mission, pour laquelle trop d'éléments me manquaient : je ne pouvais me désintéresser de ces mouvements de troupe dont l'objectif était ce fauteuil. Je tentai donc d'être aussi mielleuse que Jean-Pierre Pompeult – tous ceux qui le connaissent reconnaîtront la difficulté de l'exercice – et je lui demandai de quel candidat il s'agissait. Il se perdit à nouveau en pirouettes, il n'aimait pas les questions frontales, mais il finit enfin par lâcher ce fameux nom. En l'apprenant, je compris ses hésitations. Ce personnage ne pouvait provoquer qu'une levée de boucliers selon l'adage que l'ex-perpétuel avait formulé en ces termes à ce candidat malheureux qui avait écrit un livre sur sa candidature :

L'Académie à laquelle j'appartiens est un véritable panier de crabes, l'intrigue, le calcul gros ou malingre, le croc-en-jambe, le coup tordu, l'ambition mesquine, l'aigre jalousie, j'en passe et des meilleures, y règnent.

Il me semblait, vu de l'extérieur, que celui qui voulait succéder au fauteuil de Maurice allait faire écrouler tout cela sur sa tête.

Marcel Roudéanou était considéré dans le monde entier comme l'homme qui avait changé la littérature. Il était à ce titre une des gloires de la France, mais nombreux étaient ceux, parmi les hommes verts, à considérer ce lustre comme son principal handicap.

« De quoi allons-nous avoir l'air avec nos petits ouvrages, si nous laissons entrer le loup dans la bergerie ? »

La plupart avouaient qu'ils n'avaient jamais réussi à lire un de ses livres tant cela volait haut, et surtout tant c'était mortel d'ennui.

En revanche dans la vie il était connu pour être un homme joyeux, un libertin qui n'avait rien à voir avec ce qu'il écrivait. Maurice l'avait rencontré à quelques reprises et l'avait trouvé charmant. Marcel aimait rire, plaisanter.

Mon père m'avait dit de lui, le lendemain d'une de leurs soirées : « Roudéanou, c'est pas roumain, ça ? »

« Ah la la », et il avait recompté ses doigts. Maurice me surprenait toujours pour son goût des blagues xénophobes, c'était comme un couac dans un concerto.

Jean-Pierre Pompeult finit par me dire :

— Que risquons-nous à dîner ensemble ? Nous pourrions inviter sa femme, vous allez l'adorer. Vous pouvez demander à M. et Mme Écharpe mauve de se joindre à nous.

En effet, je ne voyais pas le risque et je trouvais même que c'était une façon d'entrer concrètement dans les enjeux de l'élection au fauteuil de Maurice.

Il fallait avancer, j'acceptai.

Dès que j'eus raccroché, je me replongeai dans mes recherches, étudiant les différences entre les deux manuscrits et le texte imprimé, comparant les pseudonymes avec les vrais noms, établissant les variantes, qui pourraient être des signes me permettant de comprendre ce que Maurice attendait de moi, le message que contenait cette écriture. Rien, je ne trouvai rien d'autre que ces deux dessins au recto du livre de Toth qui représentaient surtout pour moi une invitation à dénicher les deux autres exemplaires.

Comment faire ? Je devais sans doute appliquer les principes que m'avait inculqués Maurice, à savoir que ce n'est pas nous qui trouvons les objets, mais l'inverse. J'avais déduit que le troisième exemplaire devait être écrit à l'encre verte. Le coup de fil que je venais de recevoir me conduisait, non moins logiquement, à faire une visite du côté du quai Conti, sous la Coupole, du côté vert.

J'aurais bien rendu visite à la perpétuelle pour pleurer avec elle la disparition de Maurice, discourir sur la béance qu'il laissait dans nos vies, sur la nostalgie des dimanches au faubourg. Mais avant cela, la candidature précipitée du pape du roman d'avant-garde m'offrait un excellent prétexte. J'irais donc voir la perpétuelle après le dîner que je venais d'accepter.

Le rendez-vous avait été fixé dans une brasserie sinistre vers la place des Ternes, qui ce soir-là portait bien son nom. Ce lieu était le QG de Roudéanou, et ce choix lié à la qualité de la nourriture. C'était certainement un des plus mauvais restaurants de Paris. Cela devait le réjouir de voir ses convives surmonter leur gêne et faire assaut de compliments sur l'endroit.

Tout le monde était là, et j'observai d'abord son épouse, petite dame toute menue aux cheveux gris, habillée comme une bourgeoise de Limoges, ce qui contrastait avec ses écrits. Car Mme Roudéanou écrivait elle aussi, mais pour ne pas embarrasser son illustre époux elle le faisait sous le pseudonyme de Dalhia, qui convenait bien à ses récits sulfureux. Ils avaient tant de succès qu'une véritable cour de fans aux allures d'esclaves s'était créée autour d'elle.

Marcel Roudéanou, il faut bien le reconnaître, était assez drôle et sympathique, avec une ouverture d'esprit et une liberté dans l'expression qui impressionnaient tous ceux qui avaient le privilège de l'approcher. Il me fit d'emblée un compliment sur mon dernier livre. Je me pinçai les lèvres pour ne pas rire ; d'autant plus qu'il me sembla d'après ses commentaires l'avoir vraiment lu. Je me dis « Cet homme est prêt à tout » ; je n'en revenais pas. J'étais en train de devenir un pion important sur l'échiquier. La soirée se déroulait de façon agréable, tout le monde buvait beaucoup comme pour oublier ce qu'il y avait dans les assiettes. J'avais coupé mon gigot flageolets en tout petits morceaux, pas pressée d'avaler le contenu de mon assiette.

Les langues commençaient à se délier. Je posai une question abrupte et naïve au pape :

— À quoi occupez-vous votre temps ?

Il éclata de son rire puissant, puis, s'étant raidi, il prit ma question très au sérieux, et se mit à me décrire longuement sa vie quotidienne. Cette dernière était principalement faite de voyages à l'étranger. Roudéanou était invité un peu partout dans le monde pour parler pendant des heures de la révolution dans les lettres et du rôle qu'il y avait joué. Nul mieux que lui ne pouvait l'incarner.

À ce moment-là il entreprit de me démontrer – pourquoi fit-il cela ? – que son talent principal, une sorte de don des dieux, était qu'il ne préparait jamais rien. On l'appelait le pape, mais à ses propres yeux il était surtout celui de l'improvisation. C'était, disait-il, un atout extraordinaire, car cela lui permettait de voyager tranquillement dans tous les pays où il était invité sans avoir rien à préparer. Il ajouta que cela pouvait être aussi un handicap, car s'il devait écrire un discours avant de le prononcer, ce qu'il disait au moment de le lire n'avait plus rien à voir avec ce qu'il avait écrit : l'improvisation reprenait le dessus, comme une force qu'il n'arrivait pas à contrôler.

Je trouvais ce phénomène extraordinaire. Je l'interrogeai pour en savoir plus. Jean-Pierre Pompeult et M. Écharpe mauve ainsi que son épouse restaient sans voix devant l'intrépidité de mes questions. Mais elles ne semblaient pas indisposer le pape à mon égard. Je lui demandai comment cela se passait lorsqu'une secrétaire tapait à la machine un de ses discours improvisés. Roudéanou me dit que cela changeait tout de parler devant une seule personne ou un large public venu pour l'écouter et que par nature les discours ne pouvaient qu'être différents. Pour lui le discours était un art, et l'écriture un autre, il en savait quelque chose. L'oralité mobilisait un tout autre aspect de l'imagination et peut-être même une autre zone du cerveau.

Les convives restaient pétrifiés. Il mettait tant de fougue, de conviction dans cet étrange exposé que je finis par me demander si le pape de la littérature contemporaine n'était pas comme Gaspard Lalouette, le personnage de Gaston Leroux qui finit pas avouer au perpétuel qu'il ne sait ni lire ni écrire.

Était-ce parce qu'ils avaient senti mon trouble que les autres convives tentèrent d'arrondir les angles ? Jean-Pierre Pompeult était orfèvre en la matière.

Roudéanou sembla finir par comprendre qu'il venait de faire une gaffe en insistant de la sorte sur un point essentiel de sa candidature. N'étant pas censée être au courant de cette dernière, j'attendis passivement que le sujet vienne sur la table, qui n'en restait pas moins infecte.

Le pape regarda ses disciples, et comprit qu'il était temps de parler. Il commença par un dithyrambe sur Maurice qui me donna l'envie de l'entendre faire son éloge sous la Coupole. Il me confia comme ils étaient liés, ce que les autres approuvèrent en hochant la tête. Mon père n'était pas loin d'être son meilleur ami, d'autant plus qu'il l'avait soutenu comme il l'avait fait pour nombre de ses proches contre ceux qui menaient une chasse aux sorcières après la guerre.

Il avait, ce qui était rare chez lui, la plus haute estime pour Maurice, pour son intelligence et les qualités exceptionnelles de son esprit ; d'ailleurs, il avait lu tous ses livres.

Je lui répondis que j'étais certaine que mon père aurait été fier que son éloge pût être fait par une telle sommité. Tout le monde avait l'air soulagé d'entendre mon verdict. Je pensai aux méthodes de l'inspecteur Colombo. Je laissai s'écouler quelques instants de silence, puis je lançai :

— Et donc vous souhaitez présenter votre candidature au fauteuil de Maurice ?

Je lui confirmai que ce serait un honneur pour nous que ce fût lui qui prononce l'éloge de Maurice, mais il connaissait les règles de l'Académie ; il faudrait bien qu'il s'y plie, sans quoi rien ne pourrait advenir. Il n'était pas le plus docile à l'égard du protocole. N'obéir à aucune règle était une de ses caractéristiques majeures. Il était très attaché à cette forme de souveraineté ; on reconnaissait bien le pape à cela.

Il y eut un flottement autour de la table, une sorte de gêne. Le pape reprit la parole et s'engagea solennellement à mettre de côté, pour une fois, son allergie à tous ces prêchi-prêcha ; il ajouta que dans son esprit l'éloge de Maurice primait sur tout le reste.

Nous nous quittâmes bons amis. Ils étaient tous persuadés que je soutiendrais sa candidature, bien que je n'aie toujours pas saisi en quoi cela pouvait avoir la moindre importance.

Je rentrai à pied en réfléchissant à ce qui s'était dit pendant le dîner. Si le pape était élu sur le fauteuil 32, tiendrait-il son engagement de faire l'éloge de Maurice ?

Je consultai ce dernier à l'intérieur de mon esprit. La réponse fut rapide, claire et sans ambiguïté : le pape ne tiendrait pas parole, ne serait-ce que parce qu'il était le pape et fier de l'être.

J'étais partagée entre le désir d'entendre cet hommage, le roulement des tambours sous la Coupole, je me disais que Maurice ne pourrait qu'en être fier, et son désir profond, celui qui me faisait agir : que personne ne puisse s'asseoir sur ce fauteuil 32, qu'il n'y ait pas d'éloge puisque les deux choses étaient liées. Mais l'étaient-elles vraiment ? Il me fallait consulter la perpétuelle sur ce point crucial.

Cinquième épisode

SOUS LA COUPOLE

J'avais pris rendez-vous avec le directeur de cabinet de la perpétuelle, Laurent Kelkun – certains prononçaient *kelkune* et pourtant c'était bien quelqu'un de très important. Personnage de l'ombre, il était le pilier incontournable de cette institution depuis de nombreuses années. Maurice avait de l'estime pour cet homme solide, tranquille, et rien de crucial ne se passait à l'Académie sans qu'il en fût informé.

J'arrivai avec dix minutes d'avance. On m'installa sur un banc, dans un long couloir. Derrière la porte qui me faisait face se trouvait la sublime bibliothèque de l'Institut réservée au seul usage de ses membres. Par chance, et en secret, il m'était arrivé d'y pénétrer sur les pas de Maurice ; c'était un de mes lieux favoris quai Conti. Elle s'étendait à perte de vue le long d'un alignement de grandes tables en bois précieux gainées de cuir patiné sur lesquelles étaient posées à intervalles réguliers des lampes destinées aux lecteurs. Entre deux murs imposants entièrement recouverts jusqu'au plafond, particulièrement haut dans cette partie du bâtiment, de rayonnages remplis d'ouvrages rares, une ligne régulière de lustres complétait ce décor symétrique quasi militaire.

Tout semblait intact depuis la nuit des temps comme si les siècles passés n'avaient pas de prise. J'avais toujours été irrésistiblement attirée par ce lieu où j'avais fini, malgré les règles, par pouvoir parfois me faufiler, par être tolérée : Laurent Kelkun fermait les yeux. J'aimais déambuler au milieu des bustes haut perchés, contempler ces grands hommes devenus de marbre.

Je ne résistai pas au plaisir de profiter de ces quelques minutes pour y retourner, une dernière fois sans doute. La bibliothèque était vide, toutes les lampes éteintes, et la lumière déclinante de cette fin de journée éclairait d'un clair-obscur cet endroit plongé dans la pénombre. C'était encore plus beau ainsi. Je contemplai une fois de plus à droite le planisphère très ancien, objet de toutes les convoitises de Maurice qui m'avait dit un jour

« Je l'emporterai dans ma chambre ». Il prétendait que cette sphère de vermeil s'ennuyait dans ce lieu, que lui seul saurait la caresser du regard, que je la ramènerais ici après sa disparition.

Je passai ma main sur le métal, puis avançai lentement dans cette pièce immense qui devenait de plus en plus sombre. J'avais envie de revoir à l'autre bout de l'alignement de tables, à gauche, le bureau du cardinal de Richelieu, celui sur lequel il écrivit le code et les règles de l'Académie française un jour de janvier 1635. Peut-être s'était-il entretenu ici avec Valentin Conrart, le premier secrétaire du roi, cherchant avec lui le nom qu'ils allaient donner à cette compagnie. Académie éminente ? De l'éloquence ? Des Beaux-Arts ? Finalement, le prélat opta pour « française », et Conrart en devint le secrétaire jusqu'en 1675. Quarante ans à ce poste. On déduisit sans doute de cette longévité l'idée d'une fonction perpétuelle pour une confrérie d'immortels.

C'est ce dernier aspect qui guidait mes pas, moins parce que c'était mon thème de prédilection, que parce qu'il semblait évident que c'était celui qui avait inspiré et tant séduit Maurice dans cette corporation si singulière. Il n'y avait qu'un homme comme Richelieu et une nation comme la France pour imaginer un cercle dont la principale fonction serait *de travailler avec tout le soin et la diligence possibles à donner des règles certaines à notre langue et à la rendre pure, éloquente et capable de traiter les Arts et la Science.*

Personne n'aurait pu envisager une pareille chose hors de notre beau pays et d'ailleurs il n'en existait aucune de semblable. Au départ, on pouvait penser qu'il s'agissait de créer un « club d'hommes de lettres », c'était d'ailleurs sa forme originelle, une sorte de société secrète qui se consacrait à la littérature et à l'éloquence sur laquelle le cardinal ne put se retenir de mettre la main. Ce qui n'empêcha pas, quelque temps plus tard, de méchants esprits de dire que l'Académie *est un corps où l'on reçoit des gens titrés, des hommes en place, des gens de robe, des médecins, des géomètres et même parfois des gens de lettres.*

Je me disais que pour avancer dans l'autre mission, la mienne, il me faudrait demander à Laurent Kelkun de m'initier au sens de toutes ces règles afin de mieux comprendre ce que signifiait la réputation de cette institution.

Ah ! la réputation ! N'était-elle pas l'objet de l'article premier de ses statuts ? Il en était aussi question plus loin : *La réputation de l'Académie dépendant principalement de son attention à bien remplir les places vacantes, elle n'aura nul égard aux brigues et aux sollicitations de quelque nature qu'elles soient, et tout académicien conservera son suffrage libre jusqu'au moment de l'élection pour ne le donner alors qu'au sujet qu'il en croira le plus digne. Les prétendants aux places vacantes seront invités à se dispenser de faire aucune visite aux académiciens pour solliciter leurs suffrages. Il suffira qu'ils fassent connaître leur vœu, soit en le communiquant de vive voix ou par écrit à un des membres, soit en se faisant inscrire au secrétariat.*

Comment devait-on analyser cela ? Que devais-je faire par rapport à l'intervention de Pompeult et d'Écharpe mauve, à la candidature de Roudéanou, à notre dîner ? Plus je m'approchais du bureau du cardinal, plus je percevais dans l'obscurité une personne assise, de dos, face au siège vide du prélat. Je n'osais plus respirer, j'avançais sur la pointe des pieds. Arrivant à la hauteur de cette ombre, je crus reconnaître Laurent Kelkun ; il semblait parler, mais ne parler à personne. Lorsqu'il me vit, il se leva, sans se troubler, se courba et me fit un baise-main qui me laissa à mon tour stupéfaite. Il me présenta ses excuses pour ce retard, je regardai ma montre : il restait deux minutes avant notre rendez-vous.

Il m'invita comme si de rien n'était à me suivre dans son bureau où nous pourrions parler plus tranquillement. J'essayai de ne rien laisser paraître du trouble qui m'avait envahie.

Après qu'il m'eut réitéré ses condoléances, dont je savais qu'elles étaient sincères, nous entrâmes dans le vif du sujet. Kelkun n'était pas homme à tergiverser avec moi, nous nous connaissions depuis trop longtemps. Je lui confiai l'ensemble des événements susceptibles de créer du raffut autour de l'arrivée possible du pape des lettres au milieu de ce bac à sable.

Que devais-je faire à l'égard des interventions prématurées de ses amis, dont je savais à quel point il était proche ? Me conseillait-il de prendre rendez-vous ? lui demandai-je en pointant le doigt vers le bureau de la « patronne ». Pensait-il que cela risquait de la choquer ? Je m'en remettais à son expérience, à son bon sens.

Après réflexion, il finit par me dire qu'il allait organiser cette rencontre, que je devais lui laisser un peu de temps pour la préparer, afin que personne ne puisse s'en offusquer.

Je le remerciai chaleureusement, puis marquai une pause en lui confiant mon désir de me promener encore un moment dans la bibliothèque. Il m'accorda cette permission bien que ce fût interdit ; il savait que désormais je n'aurais plus guère l'occasion d'y revenir.

— Je vais quand même allumer la lumière, enchaîna-t-il, à cette heure, vous serez tranquille. En plus, madame la secrétaire perpétuelle est à l'étranger.

Il ne fit aucune allusion au fait que je sois tombée sur lui en train de parler dans le vide ; cela ne semblait guère le gêner. Je lui demandai l'autorisation de consulter quelques livres anciens consacrés à l'histoire de la maison, à l'évolution des règles, des statuts. Trouverais-je quelque part l'histoire du mobilier, particulièrement des fauteuils ?

En revenant dans la bibliothèque, il alluma toutes les lumières, avança jusqu'à la partie des rayonnages où étaient alignés des volumes reliés de cuir bordeaux, en sortit quelques-uns qu'il posa sur la grande table en me disant que je pouvais rester là autant que je le voulais. Il me demanda simplement de tout remettre à sa place.

Je le remerciai pour cette marque de confiance, puis il sortit sans oublier de m'adresser un petit sourire, me laissant seule au milieu de ce lieu magique, si magique que l'on pouvait bavarder avec des gens invisibles. J'aurais bien aimé lui poser des questions sur cette scène, j'eus l'impression qu'il attendait que je le fasse, mais je n'osai pas.

Une fois seule, j'emportai les ouvrages et les posai sur le bureau de Richelieu. Puis, je revins sur mes pas. Une chose m'avait frappée : au milieu des livres de cuir bordeaux j'en avais aperçu un relié de vert. Je le plaçai sur le bureau et, pour ne pas l'ouvrir tout de suite, je m'intéressai à la provenance du bureau, à la marque de l'ébéniste gravée dans le bois.

Il ne pouvait être que de Boulle, bien que sa facture fût plus ancienne. Je me souvenais vaguement que Maurice m'avait raconté son histoire. C'était dans ces instants que je mesurais le vide créé par son absence. Il régnait une ambiance si singulière, et ma présence seule ici était si inattendue, se pouvait-il que la personne avec qui parlait Laurent Kelkun fût le fantôme de Maurice ? Je me surpris à lui poser la question à voix haute.

— Maurice, ce bureau est-il de Boulle ?

J'attendis sa réponse dans un silence assourdissant. Je pris enfin le livre vert, il était complètement lisse, sans la moindre trace de titre ou d'auteur. Je me dis que j'avais eu suffisamment d'émotion, et le reposai encore un instant. Dans les livres bordeaux, je trouvai toujours un peu les mêmes histoires. Je me concentrai sur les aspects les plus concrets, espérant découvrir un fil d'Ariane dans le labyrinthe qui me conduirait à mon Minotaure.

Pour l'heure, je déroulai le fil du mobilier et de l'immobilier, dont l'Académie portait haut le flambeau. C'était naturel, l'origine du mot m'en avait toujours convaincue. Tout cela avait en effet commencé avec une affaire immobilière.

Un brave bourgeois d'Athènes avait un bout de terrain dont il ne savait que faire. Y ayant créé un jardin, il l'offrit aux philosophes. Ce brave bourgeois s'appelait Academus. Les philosophes, pour le remercier de cette généreuse donation, baptisèrent ce lieu, qui deviendrait le berceau de notre civilisation, en lui donnant son nom.

Si le mot *académie* venait de là, les premiers membres de la « française » n'étaient pas pour autant des péripatéticiens, ces philosophes de l'Antiquité qui enseignaient et dialoguaient en marchant, même si les commodités de la conversation qui leur étaient voiturées n'étaient pas vraiment confortables. Seul le directeur avait droit à son fauteuil, les autres devaient se contenter de chaises alors que les séances étaient fort longues.

Le cardinal d'Estrées, très âgé et malade, finit par oser se plaindre et demanda à Richelieu de disposer à son tour d'un fauteuil. Celui-ci en référa au roi Louis XIV qui décida de faire envoyer quarante fauteuils tous identiques pour marquer l'égalité des membres de cette assemblée. Il y avait donc à ce moment-là quarante et un fauteuils.

Je cherchai ce qu'avait pu devenir le premier, celui du directeur ; l'avait-on renvoyé au mobilier royal pour ne garder que des sièges identiques ? Ou, au contraire, l'avait-on conservé pour lui conférer des pouvoirs secrets ? N'était-ce pas justement lui, le fauteuil 32 ? Je tournai les pages sans rien trouver.

La nuit tombait, je me résolus, les mains tremblantes, à ouvrir le livre à la reliure verte. Je savais ce que j'allais y trouver, mais cela ne m'empêcha pas de sentir une sorte de décharge électrique qui me traversa tout entière.

C'était bien le troisième manuscrit de Gaston Leroux, celui écrit à l'encre verte. Dans le coin inférieur gauche, au verso du dessin, avait été dessiné un autre élément du livre de Toth : un nez ; en dessous étaient inscrits les chiffres 19. J'allai vérifier à la fin du manuscrit ; des mentions identiques à celles des deux précédents montraient que c'était bien l'avant-dernier de ces mystérieux documents.

Comme je tournais soigneusement les pages, une feuille pliée en deux apparut. Je l'ouvris et reconnus dans l'instant l'écriture de Maurice. Tout dans la pièce se mit à tourner, et je m'accrochai au bureau pour ne pas tomber. Elle commençait ainsi : *Ma petite fille…*

Il s'agissait d'une sorte de testament en forme de jeu de piste, plus précisément d'une étape supplémentaire du jeu que mon père avait lancé. Ce qu'il voulait, c'était continuer à s'amuser avec moi en faisant fi de la mort, et son terrain de jeu préféré, c'était ici, à l'Académie, là où pouvaient se déployer pleinement toutes les facettes les plus obscures de l'âme humaine sans que cela puisse avoir de réelles conséquences, le lieu idéal d'un jeu de société grandeur nature.

Dans la lettre il parlait beaucoup du fauteuil, de son fauteuil, du jour où il fut reçu, mais aussi de la succession Leroux et du manuscrit comme rémunération de son travail d'expert, de la coïncidence de la date avec celle de sa naissance, du livre de Toth. Ce qu'il me demandait avant tout, c'est que ce fauteuil reste le sien, c'est-à-dire qu'il demeure vide.

Maurice comprenait bien que cela serait difficile, que les chances pour que personne ne lui succède étaient de l'ordre du rêve compte tenu du nombre de ceux qui étaient déjà impatients de s'y installer. Ma mission était simple : favoriser l'élection des candidats susceptibles de disparaître avant d'être reçus.

Était-ce vraiment si simple ? Dans les textes parcourus, il était clair qu'il ne suffisait pas d'être élu pour occuper un fauteuil. Il fallait aussi être reçu officiellement et pour cela avoir prononcé l'éloge de son prédécesseur, après avoir soumis son discours à l'assemblée. Je devais donc aider des candidats qui réunissaient deux qualités : être susceptibles d'être élus, et présenter une faille majeure face à leur obligation de soumettre préalablement leur texte à l'imprimatur des académiciens.

La lune s'était levée et éclairait la bibliothèque d'un halo argenté. Je pris les livres pour les remettre en place. Je repensai à Laurent Kelkun qui parlait dans le vide, à son attitude particulièrement bienveillante, au fait qu'il n'était pas réapparu, bien qu'il restât enfermé à cet heure tardive dans son bureau. Tout se passait comme s'il était complice de ce que j'étais en train de faire, qu'il attendait en fermant les yeux que je m'enfuie en emportant le livre vert. Comme si après sa conversation avec un Maurice invisible tout ceci allait de soi.

Je mis le manuscrit dans mon grand sac. Je regardai le rayonnage de livres bordeaux, c'était beaucoup mieux comme ça. Je refermai doucement la porte en chêne sculpté en essayant de faire le moins de bruit possible. J'avais ôté mes ballerines et les avais glissées dans la poche de mon manteau ; j'étais redevenue une enfant terrorisée par la peur d'être prise sur le fait, non sans une certaine excitation, une sorte de Fantômette qui s'évade par les toits.

Pas une âme au long de ces interminables coursives de marbre. Sur le parvis, au pied de la Coupole, j'enfilai mes chaussures et descendis quatre à quatre les marches me menant vers le pont des Arts, le cœur battant, les mains serrées sur mon sac.

Le troisième manuscrit venait de rejoindre les précédents sur mon bureau selon un rituel désormais initiatique. Je l'ouvris comme les autres à la page 60 ; le dessin de Babelay s'y trouvait aussi. Celui du premier manuscrit était à l'encre bleue avec dans le coin supérieur gauche une oreille et les chiffres 04 qui désignaient le jour ; celui du second, à l'encre rouge avec en haut à droite un œil et les chiffres 01 pour le mois. Le troisième, celui que je venais de dérober, était orné en bas à gauche d'un nez et des chiffres 19, correspondant au siècle passé.

Je relus attentivement la lettre de Maurice. Conserver son fauteuil quoi qu'il en coûte, mais comment ?

Aucune indication de sa main pour voler à mon secours. Il fallait que je me débrouille pour trouver des solutions, comme souvent dans nos jeux de piste, quand il fallait protéger sa vie romanesque emplie de femmes et de secrets. Il m'encourageait immanquablement par cette ritournelle : « Tu sais bien que c'est toi la plus maligne » ; je ne savais pas s'il le pensait vraiment ou si c'était devenu un gimmick, comme une petite caresse d'encouragement. À moi de faire en sorte que le fauteuil 32 reste le sien.

Il n'y avait pas non plus le moindre indice pour trouver le quatrième manuscrit, celui que j'imaginais noir, ni sur ce que l'on pouvait faire si l'on avait les quatre. Comment me livreraient-ils le secret de ma mission ? Je n'étais finalement pas très avancée.

La seule nouveauté était qu'il m'invitait à entrer dans la ronde des salamalecs, mot dont l'étymologie arabe sonnait juste. J'irais donc faire des ronds de jambe à Roudéanou, des entrechats à Pompeult, des révérences à Écharpe mauve et consorts.

Mais auparavant, je décidai de prendre conseil auprès d'un membre délicieux de cette Académie. Il en était le cadet, et nous partagions un goût prononcé pour la littérature fantastique, pour tout ce qui ressemblait de près ou de loin à la magie.

Emmanuel Cuvelier était séduisant, blond, les yeux bleus, doté d'une grande sensibilité et d'un sens aigu de la duplicité. Il était taillé sur mesure pour l'Académie à laquelle, malgré son jeune âge, il s'était présenté quatre fois avant d'être élu. Tout le monde le trouvait si parfait dans le rôle de candidat qu'on préférait l'emmener en vacances plutôt que de prendre le risque de le voir changer dès le lendemain de son élection.

Au téléphone Emmanuel se montra tendre et amical comme à son habitude. Il était le seul à me demander si ce deuil n'était pas trop dur, s'il pouvait faire quelque chose pour moi. Avec lui, tout semblait facile ; bon nombre de prétendants à l'Académie devaient penser que sa voix leur était acquise. C'était aller un peu vite car son intelligence et son esprit malin pouvaient fendre d'un trait ceux qui s'y étaient laissé prendre. En fait, Emmanuel était une teigne, une peste au gré de ses humeurs, mais cela ne se voyait pas. Il avait l'art de dire ce que chacun désirait entendre.

Avec les années, il avait ainsi épongé sa soif inextinguible de reconnaissance. On avait peu à peu découvert qu'il était prêt à tuer tout le monde pour arriver à ses fins. Toux ceux qui étaient visés par ce *social killer* étaient persuadés d'être adorés.

Emmanuel connaissait la libido et les fantasmes post-sexuels des vieux messieurs et des dames d'un certain âge avec la même acuité que Don Juan ceux des vierges effarouchées. Je ne me lassais jamais de l'écouter, de l'observer, car en plus il était d'une grande beauté.

Je lui exposai la situation. Il y eut un court silence à l'autre bout du fil qui se conclut par la recommandation ferme de m'ouvrir de cette affaire à la perpétuelle. Il en profita pour consacrer dix bonnes minutes à en faire l'apologie. Je levai les yeux au ciel ; j'étais sur le point de lui dire que trop c'était trop, mais je restai muette. Il poursuivit en évoquant la politique de rajeunissement drastique de celle-ci à l'égard des futurs candidats.

Emmanuel s'enthousiasma à l'idée que je m'intéresse au *Fauteuil hanté*, un de ses livres de chevet. Il pensait ne pas être le seul dans ce cas à l'Académie. Puis il m'expliqua pourquoi il considérait ce roman comme un petit chef-d'œuvre. Il y voyait de nombreux niveaux de lecture. Le premier, le plus évident, en faisait une sorte de thriller, mais il le trouvait à cet égard moins réussi que *Le Mystère de la chambre jaune* ou *Le Parfum de la dame en noir*. Il y avait ensuite la face humoristique extrêmement acérée, la peinture de l'illustre compagnie, qui restait inégalée.

Il pensait que Leroux avait beaucoup travaillé sur le sujet, qu'il était devenu proche de nombre de ses membres et que ce roman était le fruit d'une connaissance profonde et précise de l'institution.

Comme souvent chez les amateurs d'ésotérisme, Emmanuel avait flairé qu'il y avait une mine à creuser dans cette affaire et que je devais savoir des choses que je ne voulais pas lui confier. Je brûlais, bien entendu, de lui parler des manuscrits et de lui révéler que je détenais certaines réponses à ses questions sur les relations de Leroux avec les hommes verts et sur les rapports entre la fiction du *Fauteuil hanté* et la réalité historique. Mais je m'étais engagée à garder le secret, et je m'y tins, malgré mes regrets, car il était évident qu'il aurait pu m'aider à résoudre certaines énigmes qui m'empêchaient d'avancer.

Je ne lui dis rien et tentai juste de laisser flotter la conversation pour voir où son instinct de chasseur de mirages pouvait le conduire. Je sentais bien qu'il avait adopté la même attitude. Il revint à tout hasard sur la candidature prématurée de Roudéanou. N'y avait-il pas derrière le groupe mené par Pompeult et Écharpe mauve l'ombre d'une autre confrérie aussi célèbre que l'Académie, mais beaucoup plus puissante ? Emmanuel avait le sentiment que depuis quelque temps ce réseau agissait efficacement afin d'infiltrer le quai Conti.

C'était toujours le problème avec lui : son goût du fantastique finissait immanquablement par contaminer sa paranoïa. J'essayai de le recadrer, n'ayant pas envie de passer une heure à calculer qui en était et qui n'en était pas, à cerner les contours de l'orthodoxe et de la libérale, de la féminine et de la misogyne. Il fallait aller au plus vite afin que je me dégage de ces affaires de loges.

Il comprit que j'avais atteint ma limite et enchaîna sur l'importance de la littérature. Il y avait dans *Le Fauteuil hanté* un personnage particulièrement fascinant et mystérieux sur lequel il aurait aimé faire des recherches, dont il aurait voulu découvrir le rôle qu'il avait joué à l'époque. C'était monsieur Éliphas de Saint-Elme de Taillebourg de la Nox dit E.D.S.E.D.T.D.L.N., mage de profession qui connaissait le secret de Toth, et candidat déçu, n'ayant pas le nombre de voix requis pour occuper le fauteuil hanté. Dans la réalité, il s'appelait Joséphin Péladan, dit le Sâr Mérodack.

Joséphin Péladan fut un personnage très important à la fin du XIXe siècle, et encore à l'époque où Leroux écrivit le feuilleton. Cette figure du romantisme et d'un occultisme échevelé ne pouvait qu'inspirer l'auteur. On dit qu'il fréquenta des écrivains majeurs comme Léon Bloy ou Paul Bourget. L'un de ses romans, écrit à vingt-cinq ans, prédisait l'offensive du Mal sur l'humanité. *Le Vice suprême* fut préfacé par Jules Barbey d'Aurevilly. Cela le lança dans le monde des lettres et de la culture, mais certains sceptiques s'employaient à le ridiculiser ; on l'appelait aussi le Mage d'Épinal, le Platon du Terrail, le Sâr Pédalant, ou encore Artaxerfesse, ce qui en disait long sur ses mœurs. Le Sâr fit un procès à celui qui avait proféré cette dernière insulte.

Emmanuel était intarissable sur ce personnage qui selon lui avait été une source capitale d'information pour Leroux. Son double romanesque, soupçonné pendant tout le déroulement de la fiction d'être l'incarnation et la cause de la malédiction, était en effet au centre du roman. Emmanuel considérait que s'il y avait un dernier niveau de lecture de nature ésotérique dans *Le Fauteuil hanté*, c'était à Péladan qu'il fallait s'intéresser, que c'était à travers lui que le livre de Toth prenait tout son sens.

Son analyse commençait à m'intriguer. Était-ce cela que je devais trouver, la clef cachée dans les quatre manuscrits pour m'aider à accomplir ma mission ? Mon interlocuteur enchaîna en me disant qu'il s'était intéressé aux diverses loges qui pouvaient régner sur l'Académie parce que Péladan avait créé en 1888 l'ordre cabalistique de la Rose-Croix, puis l'année suivante le premier salon du même nom dans la prestigieuse galerie Durand-Ruel. De nombreux artistes célèbres du XIXe y exposèrent : Bourdelle, Schwabe, Khnopff, Hodler, Rouault. Ce fut un succès mondain et artistique époustouflant ; tout le monde y courut : Mallarmé, Verlaine, et même Zola. Et, en 1908, au moment où Gaston Leroux pensait à écrire *Le Fauteuil hanté*, Péladan reçut le prix Charles-Blanc de l'Académie française.

Tout cela me rappelait mes conversations avec Maurice, notre amour du symbolisme qui allait emmener l'Europe vers la Première Guerre mondiale. Deux souvenirs se firent plus précis. Le premier, lors d'une de nos promenades dominicales au cimetière des Batignolles, sur la tombe de carrelage coloré remplie de symboles ésotériques de Joséphin Péladan ; puis ce tableau de Léonard Sarluis que Maurice m'offrit peu avant sa mort, cette toile peinte à la manière d'un Léonard de Vinci, où le personnage, qui semble être un écrivain, a l'air d'un travesti.

Il l'avait fait livrer chez moi. Ce tableau m'avait mise mal à l'aise. Lorsque je l'appelai pour le remercier, Maurice me parla du mouvement Rose-Croix, de son importance dans la peinture symboliste et du Sâr Péladan qui avait initié Sarluis à l'art du clair-obscur. Il termina en me disant que je comprendrais un jour l'importance de ce tableau. Quelque temps après, il me demanda de le lui rendre ; il désirait l'accrocher dans sa salle à manger, juste en face d'une sublime copie de l'époque de Vinci, *La Vierge, l'Enfant Jésus et sainte Anne* attribuée à Melzi, son disciple, l'héritier de ses manuscrits. Je me souvins que tout le monde lui demandait pourquoi il avait accroché ce portrait qui indisposait ses hôtes. Maurice ne répondait pas. J'étais peut-être en train d'en découvrir la raison.

J'allais interrompre cette conversation-fleuve lorsqu'Emmanuel me demanda :

— Croyez-vous aux fantômes ?

Je lui répondis que j'aimais écrire sur eux mais que malheureusement je n'en avais jamais vu.

— J'en vois sans cesse, faites attention, ça pourrait bien vous arriver.

En attendant, j'avais encore beaucoup de choses à vérifier. Je conclus en lui demandant s'il me recommandait de rendre visite à la perpétuelle à propos de Roudéanou ; il m'affirma que c'était indispensable.

Je raccrochai et me précipitai sur les trois manuscrits : Éliphas de Saint-Elme de Taillebourg de la Nox apparaissait bien dans les lignes écrites à la main ; nulle part le nom du modèle, Joséphin Péladan, ni même le surnom qu'il s'était donné de Sâr Mérodack, n'était mentionné. Je restai perplexe et tentai de comprendre pourquoi le mage était le seul à avoir eu ce privilège.

J'allai dans le réduit au bout du couloir où je rangeais quelques tableaux. J'étais fébrile ; la pièce était mal éclairée et je ne retrouvai pas le portrait de l'écrivain par Sarluis. Il était pourtant revenu chez moi, puisque peu de temps après m'avoir offert le manuscrit, Maurice me l'avait fait à nouveau déposer. Je fus soulagée lorsque je l'aperçus sagement adossé contre le mur. Je l'avais mis derrière les autres.

Je le transportai pour l'accrocher au-dessus de mon bureau, je m'assis, les trois manuscrits sous les yeux, puis je scrutai attentivement la toile, persuadée que j'allais y découvrir un secret. Il y avait dans ce personnage étrange habillé comme un gentilhomme de la Renaissance quelque chose de caricatural ; on aurait dit la Joconde, mais cette fois avec l'allure d'un homme outrageusement maquillé.

J'avais toujours été obnubilée par ce sourire qui prétendait imiter celui, ineffable, du personnage de

Vinci, mais il avait plutôt l'expression d'un meneur de revues. Il tenait dans sa main une plume ; je n'arrivai pas à distinguer ce qui se trouvait dans le coin inférieur droit du tableau.

J'allai prendre une lampe de poche pour l'éclairer. La toile était sale, on n'y voyait presque rien. Derrière l'épaisse couche de vernis qui avait viré à l'ambre, je découvris la signature Sarluis, et la date. J'eus un haut-le-cœur lorsque je lus : *4 janvier 1910*. Je fis un pas en arrière et remontai le faisceau de lumière qui laissa apparaître la reliure d'un livre en cuir noir sur lequel étaient peintes les initiales E.D.S.E.D.T. D.L.N., celles du personnage du *Fauteuil hanté*, Éliphas de Saint-Elme de Taillebourg de la Nox, inspiré par Joséphin Péladan.

J'avais trouvé le quatrième manuscrit, je l'avais devant moi emprisonné dans la toile. Où se trouvait-il pour de vrai ?

Sixième épisode

ENTRETIEN AVEC UN FANTÔME

Toutes ces histoires m'avaient un peu inquiétée et embrouillé l'esprit. L'infiltration de l'Académie par les Rose-Croix était-elle une hypothèse raisonnable ?

Roudéanou, une pièce maîtresse de l'échiquier ?

J'avais peine à croire ces sornettes sorties tout droit de l'imagination d'Emmanuel. Avant de rendre visite à la perpétuelle, je voulus cependant en avoir le cœur net.

J'appelai Jean-François Mitaux qui en général était le mieux renseigné. J'eus le curieux sentiment qu'il attendait mon appel. Il me proposa de passer me prendre en bas de chez moi.

— On parlera en roulant, me dit-il.

Il y avait dans ses phrases, dans ses attitudes, un souffle d'aventure. Enfant, il me fascinait. Il avait toujours une bosse à l'arrière de sa veste. Chaque dimanche soir je l'interrogeais sur cette curieuse malformation. Il me faisait alors signe de me taire, et me montrait son 44 Magnum bien au chaud dans son holster. Il l'avait toujours sur lui, glissé dans sa ceinture.

Je trouvais excitant de connaître intimement une sorte de James Bond à la française, et j'adorais qu'il me raconte ses exploits. Parfois, pendant qu'il égrenait ses souvenirs, je m'endormais, non parce que je les avais entendus cent fois, mais plutôt parce que sa voix agissait comme une berceuse, un conte de fées. Il n'était pas exclu que ses récits en soient assez proches.

Bien des années plus tard, je commençai en effet à avoir des doutes sur la véracité de ses propos lorsque je découvris qu'il y avait chez lui des dizaines de photographies sur les cheminées, sur les tables, où il posait à côté de personnages illustres, des chefs d'État, des stars de cinéma, des héros de guerre, des papes. Il y en avait tant, et la pose qu'il prenait était si naturelle, qu'on finissait par se demander qui se trouvait réellement près de lui sur ces clichés, et surtout si ce n'étaient pas des photomontages.

Pourtant, avant d'entrer à l'Académie, Jean-François Mitaux avait déjà accompli une brillante carrière politique et littéraire. On s'interrogeait non sans une certaine admiration sur le temps qu'il avait dû consacrer à écrire plus d'une centaine de livres sur tous les pays, toutes les guerres, toutes les tractations où il s'était trouvé. Le dernier poste qu'il avait occupé avec panache était celui de ministre des Armées. Le premier ministre de l'époque avait toute confiance en lui, au point d'en avoir fait son éminence grise.

Jusqu'au jour où il fut pris d'un doute, lui aussi. Ils étaient tous deux en voyage officiel pour une négociation dans un pays déchiré par la guerre civile. La délégation française était en retard, ce qui exaspérait le chef du gouvernement qui accordait la plus grande importance à la ponctualité.

— Nous ne pouvons rien faire, disait-il, mais soyons à l'heure je vous en prie.

Ce retard était dû à la lenteur de Jean-François qui marchait à l'époque avec deux béquilles sur lesquelles il s'appuyait pour avancer péniblement. Tout à coup on entendit des coups de feu venant de fourrés où des snippers étaient cachés. On vit alors le ministre des Armées jeter ses béquilles par-dessus sa tête et détaler à vive allure.

Quelques semaines plus tard, on le persuada de présenter sa candidature à l'Académie française où il fut reçu par une élection de maréchal, à l'unanimité.

Il était en bas de chez moi dans sa Porsche grise décapotable des années 50, et me fit signe de la main comme un jeune homme venant chercher sa *girl friend* pour l'emmener à une surprise-partie dans un film américain d'après-guerre. En fait, cela me sauta aux yeux, Jean-François Mitaux était *vintage*.

Il écouta attentivement mon récit, tout en traversant Paris, et balaya d'un revers de la main l'hypothèse d'une offensive des Rose-Croix sur le quai Conti.

— Si c'était le cas, je serais au courant.

Sur ce point, on ne pouvait que le croire. Je m'avisai de le questionner à propos du chemin que nous avions emprunté. Il semblait ne pas s'en soucier. Ce qu'il aimait, c'était rouler sans but précis juste en bavardant. Je lui demandai s'il pouvait m'emmener au cimetière des Batignolles où je devais fleurir la tombe d'un ami. Cette perspective l'amusa ; ainsi nous pourrions converser à loisir.

Pour lui, si la candidature de Roudéanou n'avait certainement rien à voir avec les Rose-Croix, elle n'en était pas moins suspecte. Que diable le pape allait-il faire dans cette galère ? Il ne trouvait aucune réponse rationnelle à cette question. En revanche, il connaissait suffisamment Roudéanou pour prédire qu'une fois élu on ne le reverrait jamais plus.

Cet homme n'était pratiquement jamais en France, allant de conférence en conférence, d'université en collège, pour prononcer ses fameux discours improvisés sur le rôle du sémantème dans l'abandon de la subjectivité narrative. Je sentis une pointe de jalousie dans les propos de Jean-François qui m'apportait une confirmation sur un point essentiel. Roudéanou était incapable d'autre chose que d'improviser.

Nous avions dépassé le boulevard Bessières. Arrivés au cimetière, Jean-François proposa de m'attendre au café Guerbois qui venait de rouvrir après un siècle de sommeil, et qu'il était curieux de découvrir. En me déposant devant la grille, il me demanda avec emphase de saluer son ami André Breton si je passais devant sa sépulture. Je me souvins de l'une de ses photographies où on le voyait aux côtés du chef de file du surréalisme qui, selon lui, avait poussé la camaraderie jusqu'à publier un de ses fameux poèmes dans sa revue, *Le téléphone sonne, mon sexe répond*, dont j'appris par la suite qu'il n'était pas de lui.

En fait, Jean-François considérait sa carrière politique comme un échec. Au fond de son âme, c'était un poète. On ne soupçonne pas à quel point cette frustration littéraire a pu faire des dégâts dans les hautes sphères de l'État depuis Saint-John Perse.

Je ne mis pas longtemps à trouver le chemin me conduisant à la tombe de Péladan. Maurice avait dû m'y emmener plus souvent que je ne pensais. Devant la stèle entièrement carrelée et bariolée représentant le Sâr en grande tenue affublé de tous ses symboles rosicruciens et après avoir vérifié qu'il n'y avait personne aux alentours, je montai sur la mosaïque afin d'en scruter les détails.

Juste sous le nom de Joséphin, il y avait une couronne. Elle s'inscrivait dans un rectangle qui semblait lui-même avoir été incrusté sur la tombe. Je posai ma main en son centre, pesant de tout mon poids sur le carrelage pour voir s'il se passait quelque chose. Un petit bruit mécanique se fit entendre, la plaque se souleva de quelques centimètres et coulissa lentement. Il y avait une cache mystérieuse et je me doutais bien de ce que j'allais y découvrir.

En glissant ma main non sans une certaine appréhension sous la pierre glacée, je sentis une matière familière. Je l'avais là devant moi, cette reliure noire gravée en lettres d'or, avec les initiales et le nom complet d'Éliphas, le personnage du *Fauteuil hanté* que le Sâr avait inspiré, bien qu'il fût le seul à ne pas porter son nom réel dans le manuscrit. Je vérifiai sans attendre : dans ce quatrième manuscrit, encore une fois, seul apparaissait Éliphas de la Nox. Je ne me posai plus de question, levai les yeux vers le ciel et murmurai :

— Ça y est, Maurice, j'ai les quatre.

Je rangeai le manuscrit dans mon sac, appuyai sur le couvercle de la cachette qui se referma et avançai d'un pas alerte vers le café Guerbois. Je volais, je dansais, je ne touchais plus terre ; je savais à quel point mon père était fier de moi.

Jean-François me ramena tout en me parlant de son prochain livre. De retour à mon bureau, j'eus à peine le temps de vérifier que le dessin de ce quatrième exemplaire à l'encre noire avait bien en bas à droite une bouche et les chiffres 10 que j'entendis résonner la sonnerie du téléphone fixe. C'était décidément pour cet appareil une véritable résurrection. Craignant que ce ne fût à nouveau Jean-Pierre Pompeult, je laissai sonner et entendis ma voix sur le répondeur comme venue d'une vie antérieure. Ce n'était pas Pompeult, c'était Laurent Kelkun qui me prévenait que la perpétuelle serait heureuse de me recevoir et que je devais venir dès que j'aurais le message.

Je mis les quatre manuscrits dans mon sac et filai quai Conti. En route, j'appelai Laurent pour le prévenir de mon arrivée. Il me précisa que la perpétuelle venait de rentrer de son voyage à l'étranger, et que je la trouverais chez elle, dans son appartement de fonction. Quand il lui avait fait part de notre entrevue, elle avait demandé que je vienne dans l'instant. Il semblait que la candidature de Roudéanou avait déjà créé quelques remous.

En arrivant, je fus directement conduite dans sa chambre, où elle rangeait ses affaires. À peine m'avait-elle serrée dans ses bras, se laissant aller un instant, qu'elle reprit son allure militaire pour me dire :

— Bon, alors, c'est quoi cette histoire de Roudéanou ?

Je lui fis un compte-rendu de tout ce que je savais. Elle se montra choquée que l'on ne respecte pas le délai d'usage pour exprimer son désir d'entrer sous la Coupole, quand un académicien venait de mourir. On appelait cela le délai de décence, et il était d'au moins un mois, peut-être six si elle le décidait, voire un an, c'était possible.

Surtout, Madame souhaitait me demander si je connaissais Roudéanou, savoir de façon confidentielle ce que j'en pensais. Elle ne me cacha pas que la rumeur avait circulé et qu'une majorité de ses confrères étaient farouchement hostiles à l'idée de le faire entrer. Chacun avait des raisons d'être contre, d'ailleurs lorsque l'on comptait ses partisans, cela ne faisait que deux voix, celles des amis avec qui nous avions dîné.

Elle souligna les dangers et les inconvénients pour cette noble institution dont elle avait la charge, qui risquait d'être attaquée, malmenée par les médias. Avec la réputation internationale de Roudéanou, s'il se présentait au fauteuil 32 et qu'il n'avait que deux ou trois voix alors qu'un autre candidat plus médiocre se faisait élire, ce serait le déshonneur et tout le monde s'en donnerait à cœur joie.

Nous étions passées dans son bureau. Je me concentrai sur ma mission, faisant fi de ce que j'avais ressenti. Je finis par dire à Madame, comme si cela m'échappait, que je trouvais Roudéanou très bien, que c'était un ami de Maurice qui aurait été fier qu'une gloire telle que lui prononce son éloge, celle d'un homme qui, enfant, avait raté son certificat d'études.

Pendant que je lui donnais mon point de vue, je pensai au dessin de la bouche dans le manuscrit noir, le seul organe de la malédiction de Toth laissé de côté par Gaston Leroux dans *Le Fauteuil hanté*. Il ne pouvait se référer dans mon esprit qu'à l'oralité, qu'au discours. La bouche serait l'arme protégeant le fauteuil de Maurice contre toute velléité chez quiconque de s'installer dans son fauteuil.

La perpétuelle me regarda droit dans les yeux. J'aimais son regard franc et direct mais il m'impressionnait. J'avais la sensation de lui mentir alors que j'étais sincère. Elle évoqua sa vie trépidante et tous les membres de cette compagnie auxquels elle était si attachée, le temps, l'énergie, l'affection qu'il fallait consacrer à chacun. Puis, elle poursuivit sur la dernière candidature, celle d'un jeune homme de vingt-trois ans qui la faisait sourire, mais il briguait un autre fauteuil.

Elle repensait avec nostalgie à tous ces jeunes gens qui dans un lointain passé pouvaient se faire élire. C'était la grande époque de l'Académie, ses débuts. Il ne fallait pas oublier qu'Armand de Camboust, petit-neveu de Richelieu, fut admis à l'âge de seize ans. Madame me parla encore des vingt-quatre élus de moins de trente ans, Edmond Rostand admis à trente-trois ans, cela la laissait songeuse, n'était-elle pas à la tête d'un harem, entourée de quarante favoris ? On sentait combien cela l'amusait, lui donnait cette énergie si particulière.

Le courrier urgent s'était accumulé dans le parapheur. Je me levai pour ne pas être indiscrète, puis elle me serra dans ses bras sans dire un mot.

Je repassai par le bureau de Laurent Kelkun pour lui demander une dernière faveur. Si la salle des séances, dite aussi salle du dictionnaire, était vide, m'autorisait-il à y pénétrer pour me recueillir quelques instants devant le fauteuil 32 ? Il me sembla qu'il attendait cette requête, en tout cas ; elle ne le surprit pas. Laurent m'y conduisit, puis me laissa seule dans cette grande salle comme il l'avait fait dans la bibliothèque, et referma la porte derrière lui.

Son attitude me donnait à croire encore une fois qu'il était au courant de tout et que lorsque je l'avais surpris parlant tout seul, une présence était là qui le tenait informé de ce qui se tramait. J'avançai au milieu de ce grand hémicycle entièrement rénové, avec de hauts fauteuils recouverts de velours rouge, et me dirigeai vers le portrait de Richelieu par Champaigne. Il était là, au pied du tableau, différent des autres, bien plus ancien, le fauteuil 32, le seul, l'unique resté d'origine. Peut-être celui du premier directeur, dont Maurice aurait décrété qu'il serait le sien.

Je sortis rapidement les quatre manuscrits reliés et les disposai dans le sens des aiguilles d'une montre, en carré, aux pieds du fauteuil 32, ouverts à la page 60, celle du dessin avec les quatre versions représentant l'œil, le nez, l'oreille, la bouche. Le 04, le

01, le 19, le 10. J'avais lu et relu la version du livre de Toth transcrite par le professeur Laclotte. Tout me semblait en ordre.

J'attendis, attentive au moindre craquement, mais rien ne se passait. Je me rappelai que dans toutes les histoires fantastiques, dans les cérémonies de magie blanche ou noire, le héros, à la fin, prononce une phrase magique. Était-ce cela qui manquait ? Malgré une irrésistible envie de rire, parce que tout paraissait tellement irréel, je cherchai ce qu'il fallait dire. « Abracadabra » me sembla à cet instant un poil léger. Ma formation cabalistique était assez limitée, et je ne voyais pas quels mots magiques assembler.

Peut-être devais-je prendre toutes les lettres que j'avais sous la main, devant mes yeux, celles qui étaient gravées sur la chemise cartonnée noire ? Ce n'était pas une formule, mais seulement le nom d'un personnage du *Fauteuil hanté*. Je le prononçai en articulant clairement :

— Éliphas de Saint-Elme de Taillebourg de la Nox.

Un souffle glacé parcourut la salle des séances. Je me relevai doucement ; peu à peu, l'hologramme de Maurice apparut, et la phrase d'Emmanuel surgit : « Vous n'avez jamais vu de fantôme ? »

Eh bien, là, j'en voyais un ! Il était devant moi, tranquillement assis dans son fauteuil, le bras droit posé sur l'accoudoir, se tenant le menton entre les doigts, dans un geste si familier, avec au coin des lèvres son petit sourire curieux qui le rendait incroyablement vivant.

— Tu vois bien qu'il fallait me croire lorsque je te disais que c'était toi la plus maligne, me dit-il d'un ton détaché et malicieux.

Je n'en menais pas large. Pas un instant je n'avais cru tout cela possible. J'avais accepté ce jeu parce qu'il me permettait de garder Maurice au plus près dans mon esprit, m'empêchant de sombrer dans un chagrin insurmontable.

J'avançai ma main vers ce visage virtuel et tentai de le caresser ; je sentis des ondes tièdes sur ma peau, puis mes doigts s'enfoncèrent dans l'image et traversèrent la matière.

Le fantôme de Maurice parlait, il était heureux que j'aie suivi ses instructions à la lettre sans me poser trop de questions, avec une discipline militaire qu'il considérait comme un des principaux héritages de notre famille. Il ajouta que si je souhaitais aller au bout de ses volontés il me fallait rester dans le même esprit, avancer, agissant là où son statut de fantôme l'empêchait de le faire. J'acquiesçai et lui dis que j'aurais voulu le prendre dans mes bras.

— Il suffit que tu le désires, et je le sens, me répondit-il.

Était-ce bien avec lui que Laurent Kelkun parlait dans la bibliothèque ? Maurice me le confirma en me disant qu'il était au courant de tout, que c'était un homme très discret, sur qui je pouvais m'appuyer.

— Kelkun ou personne, tu sais bien qu'il n'y a pas de différence.

Ce fut sa conclusion. J'essayai de le retenir en lui disant mon bonheur de le retrouver et combien la perspective de ne plus pouvoir jouer avec lui m'avait rendue malheureuse. J'ajoutai que même si j'étais d'accord pour ne pas me poser de question, je n'avais pas non plus envie de devenir complètement folle. J'aurais bien aimé connaître une part de ce secret, juste un minimum.

Maurice comprit que tant qu'il ne m'en dirait pas davantage il n'aurait pas la paix, alors il céda.

— Comment fabrique-t-on un fantôme ? lui demandai-je.

— Tu es particulièrement bien placée pour le savoir, puisque tu viens justement d'en fabriquer un.

La recette était simple, il fallait mettre en œuvre la malédiction de Toth en la retournant. Au lieu de tuer des gens, les faire revivre, les faire renaître à travers un fantôme, leur conserver un peu de place, de fantaisie, de joie de vivre. Tout était dans *Le Fauteuil hanté* de Gaston Leroux qu'il me recommandait de lire et relire durant cette période.

Il me fallait en particulier approfondir le chapitre VII, celui par lequel j'avais commencé, « Le secret de Toth ». Leroux était, selon Maurice, un grand initié ; les techniques de magie de l'ancienne Égypte n'avaient pas de secret pour lui. Je trouverais toujours auprès de mon cher ami le professeur Laclotte une aide précieuse dans ce domaine ; car le livre de Toth existait vraiment et n'était pas seulement le fruit de l'imaginaire du feuilletoniste. Il se trouvait dans les divers papiers de la succession de Leroux au moment de la disparition de sa veuve. Il traînait par terre au milieu d'un fouillis indescriptible.

Lorsque Maurice eut fini sa première journée d'inventaire, il découvrit qu'un papier était resté collé à sa semelle. Il s'agissait du livre de Toth transcrit et traduit par Leroux avec des commentaires de sa main. Son secret tenait dans cette phrase : *Tu mourras, si je veux, par les yeux, le nez, les oreilles et la bouche, car je suis le maître de l'air, de la lumière et du son.* Les quatre parties du visage, mais seulement trois éléments de la nature indispensables à la vie.

Leroux avait beaucoup enquêté sur les Rose-Croix, en particulier sur le Sâr Péladan. Il avait découvert dans ses travaux que comme les francs-maçons, les Rose-Croix s'étaient passionnés pour les origines les plus reculées de nos civilisations en particulier à Sumer et en Égypte. Peut-être même avait-il été enrôlé dans leur obédience. En tout cas, il en garda de nombreux secrets, en particulier sur les pouvoirs de ce livre de Toth.

Dans son roman, Leroux ne conserva que trois parties du visage, les yeux, le nez et les oreilles, pour faire mourir ses trois malheureux académiciens, supprimant toutes les parties qu'il avait consacrées au rôle du Sâr comme éminence des Rose-Croix et à la mort par la bouche grâce au « mot qui tue ». Il trouvait cela un peu lourd pour son feuilleton, un peu redondant avec l'histoire de l'oreille, de la « chanson qui tue ».

Maurice me conseilla aussi de relire attentivement le dernier chapitre, « Le triomphe de M. Gaspard Lalouette », sur le seul candidat ayant surmonté la malédiction de Toth. Le seul qui pourrait finalement prononcer son discours de réception. Si on avait suivi Toth à la lettre, on l'aurait fait mourir par la bouche pendant l'éloge de son prédécesseur sous la Coupole.

Mon père s'était à l'époque plongé dans l'inventaire de tous les papiers confidentiels de Leroux. Il avait gardé la feuille collée à sa semelle lorsqu'il découvrit que les Rose-Croix travaillaient à inverser les pouvoirs magiques du livre égyptien pour en faire un instrument de survie, une machine à immortalité, une formule pour fabriquer des fantômes. Il n'avait plus le temps de rentrer dans les détails, il était attendu ailleurs, mais en gros cette forme restreinte d'immortalité lui convenait très bien malgré les petits inconvénients qu'il évoqua et que je passerai ici sous silence. Mais n'en avait-il pas usé et abusé suffisamment durant sa longue et brillante existence ?

Il était clair que cette immortalité partielle ne tenait qu'à son fauteuil à l'Académie, auquel il avait voué un véritable culte. Pourtant, il y avait une faille dans le dispositif. Si un candidat se faisait élire sur son fauteuil, c'était sans conséquence, au contraire ce pouvait même être l'occasion de nombreuses facéties fort distrayantes. Mais si par malheur ce candidat en arrivait au point d'être reçu sous la Coupole et que de sa bouche sortaient les mots de l'éloge qu'il lui consacrerait, c'en serait fait de sa petite vie de fantôme, pschitt… il disparaîtrait complètement.

C'était ça le triomphe de Gaspard Lalouette, l'académicien qui avait la chance de ne savoir ni lire ni écrire. Il fallait analyser attentivement la fin du roman, quand M. Patard, le perpétuel, dit à Lalouette : *Le grand Loustalot était surtout un grand misérable. Oublions-le. Il est mort. Il a payé sa dette, lui ! mais vous, mon cher Gaspard, quand paierez-vous la vôtre ? Ça n'est pourtant pas bien difficile à apprendre. b a : ba, b e : be, b i : bi, b o : bo, b u : bu !*

Ceci réglait selon mon père la question du choix de Roudéanou et sa manie de ne jamais vouloir écrire ses discours à l'avance.

Maurice, sur le point de partir, me demanda en passant dans son bel habit vert qui semblait flotter si je pensais que le pape des lettres françaises était comme Gaspard Lalouette totalement illettré, ce qui expliquerait son goût pour l'improvisation. N'était-ce pas tout simplement sa femme qui écrivait ses romans ? Je lui répondis que l'idée me semblait extravagante, mais que cela ne changerait rien à ses blocages psychologiques liés à l'exercice. Maurice fronça les sourcils, il n'aimait pas le mot « psychologique ».

— Enfin, passons, dit-il, nous tenons le bon candidat, s'il arrive à prononcer mon éloge, je mange mon fauteuil.

Il m'envoya un baiser et pfuitt… il disparut.

J'étais encore hébétée lorsque j'entendis Kelkun avancer vers moi. Il venait me chercher pour me raccompagner. Ayant rangé précipitamment les manuscrits dans mon sac, je le laissai m'aider à me relever et, me tenant par le bras, il me guida vers une sortie dérobée rue Mazarine, puis me salua non sans me dire :

— Il me semble que nous tenons le bon candidat.

Je préférai ne pas lui répondre.

Si je voulais que les plans de Maurice aboutissent, il fallait surtout que je me tienne à l'écart de la partie qui s'engageait. J'avais fait ce qu'il fallait, la mécanique du temps avait été remontée, il ne restait plus qu'à le laisser se dérouler. Une seule question m'obsédait : le fantôme de Maurice était-il condamné à rester à l'intérieur de l'enceinte du quai Conti, ou bien pouvait-il apparaître ailleurs ? Je connaissais très mal la vie des fantômes, je manquais d'expérience. C'était le premier à entrer dans ma vie, et j'étais encore bouleversée par cette découverte. Je décidai de marcher.

C'était une de mes promenades préférées, Paris était ensoleillée, loin de l'agitation de certains jours, on entendait seulement une rumeur lointaine. Je pouvais réfléchir. Je traversai à nouveau le pont des Arts, entrai dans le Louvre par la cour Carrée, il y avait là un quatuor à cordes de jeunes gens qui faisaient la manche en jouant du Schubert. Je sortis du périmètre de la pyramide pour passer à un kiosque où j'achetai *Le Figaro*, puis repiquai par le jardin des Tuileries dont j'empruntai les labyrinthes, admirant les essences rares et les sculptures majestueuses.

Je m'assis sur une des chaises vertes en fonte qui se trouvent au bord du bassin, et me plongeai dans la lecture du journal. Je tombai sur la déclaration de candidature du jeune homme de vingt-trois ans dont m'avait parlé la perpétuelle. C'était remarquable qu'une personne de cette génération puisse encore s'intéresser à cette vénérable confrérie, écrire de façon si virtuose une tribune libre au sujet de son désir d'en être.

Il mesurait l'audace de sa démarche, mais assurait qu'il plaçait au-dessus de tout sa passion pour la langue française. Il rappelait avec malice la phrase de Flers et Caillavet *le candidat idéal est celui qui n'a rien fait, qui n'est rien par lui-même et qui doit tout à la Compagnie*. Le jeune homme répondait parfaitement à ces critères, il n'avait rien fait et était parfaitement inconnu.

Ce n'était pas le cas de Roudéanou, qui arrivait avec le sentiment de rendre service, de redorer le blason de cette institution dont le but assez inouï est de purifier sans cesse notre langue de tout ce qui pourrait la contaminer.

Il y avait certes des écrivains à l'Académie, mais elle ne faisait pas bon ménage avec la littérature. Non pas tant parce qu'on y recevait des cardinaux, des généraux et des hommes politiques, mais parce que l'origine profonde de cette mission de purification linguistique est aux antipodes du génie littéraire qui, immanquablement, passe son temps à bousculer la langue, à user de tournures peu orthodoxes, à laisser la vie, le monde extérieur, la pénétrer en prenant le risque de la dénaturer.

En réalité, me disais-je, le véritable ennemi de l'Académie, la maladie virale qu'elle est chargée de soigner, c'est la littérature. C'était l'obstacle de fond à la candidature de Roudéanou qui poussait parfois jusqu'à la caricature tous les symptômes du littéraire sachant littérer.

Arrivant en bas de la page du *Figaro*, je découvris que le jeune homme était secrétaire du Club pour la restauration de l'Occident. Ce n'était pas gagné. Pour Roudéanou non plus. Il fallait en particulier se méfier de son assurance et de son mépris, qui ne tardaient jamais à transparaître dans ses propos. Il me faisait penser à l'anecdote racontée à un candidat malheureux, Jean Cau, par les merveilleux Camille et Jean Dutourd. Ils dînaient chez Lipp avec un autre candidat, Jean-Jacques Gautier. Entra Guy des Cars, qui s'écria : « Vous serez élu Jean-Jacques, ce sont tous des cons. » Gautier perdit le sommeil à l'idée que ces mots puissent lui être attribués. Une glissade était si vite arrivée, on pouvait trébucher à chaque pas.

Je me demandais si Maurice avait le pouvoir, en tant que fantôme, de suivre tout cela, même s'il n'apparaissait pas en dehors de la Coupole. Décidément, mes lacunes en fantomologie étaient de plus en plus criantes.

Je sentis deux mains se poser sur mes épaules, je me retournai, c'était Alphonse de la Conrardie, descendant du célèbre Conrard, le premier perpétuel. Paris avait considérablement rétréci, on n'y rencontrait plus que des candidats à l'Académie, et celui-ci en était un sérieux, avec une longue ancienneté, qui s'ajoutait à sa précieuse ascendance. Il vit *Le Figaro* ouvert à la page de la tribune, puis explosa sans attendre :

— C'est un véritable scandale, ce petit…

Je ne peux pas reprendre ici ses paroles. En substance, ce petit… essayait de lui voler son fauteuil, il ne voyait pas d'autre mot, « son fauteuil », c'était le sien, celui qu'avait occupé durant des années Claude Meyrand-Ruel, le célèbre anthropologue, dont Alphonse se considérait comme le fils spirituel, pour qui il avait organisé tant de soirées. Au bord des larmes, il me confia qu'il avait accompagné chaque jour à l'hôpital le déclin du grand homme qui avait tout de même 101 ans, mais avait conservé toutes ses facultés mentales.

Juste avant de mourir, me dit-il, la gorge nouée, il avait posé sa main sur son bras, et dans son dernier souffle lui avait murmuré à l'oreille : « Alphonse, je veux que ce soit vous qui me remplaciez à l'Académie. »

Je revis Gabin dans *Les Grandes Familles*, répondant à son cousin médecin qui lui tenait exactement les mêmes propos : « Et vous êtes combien sur l'affaire ? » Mais je n'osai reprendre la réplique d'Audiard.

Alphonse était encore trop exaspéré par la candidature de ce petit freluquet qui n'était à ses yeux que la marionnette d'une certaine droite considérant qu'il y avait maintenant trop de gens de gauche à l'Académie. Je remerciai le ciel que tout cela concerne un autre fauteuil que celui qui nous occupait, je lui fis une bise et rentrai chez moi.

Je replaçai les quatre manuscrits de façon identique sur la grande table en regardant intensément le tableau de Sarluis, puis je prononçai les syllabes magiques, celles qui avaient permis au fantôme de Maurice d'apparaître, mais rien ne se produisit. J'essayai d'autres positions pour les manuscrits, ouvert, fermé, en carré, en losange, rien. Il était évident que le fantôme ne pouvait passer le périmètre de l'Institut ; il était prisonnier de ses murs. Et encore, si je repensais à Kelkun dans la bibliothèque dialoguant dans le néant, le fantôme semblait ne pouvoir prendre corps qu'assis dans un fauteuil, pas n'importe lequel, le 32.

Il s'agissait peut-être de conclusions hâtives, mais elles venaient de l'impression que m'avait laissée notre conversation. J'avais retrouvé dans son fantôme le caractère enjoué et malicieux de Maurice, mais il paraissait avoir perdu ce que, de son vivant, certains désignaient comme une légère perversité. Il était manifestement content de sa condition d'ectoplasme, et ne l'aurait échangée à aucun prix, même si certaines de ses intonations laissaient entendre qu'être entravé dans ce lieu le contrariait. Être enfermé pour l'éternité à l'Académie, même Kierkegaard n'aurait pu envisager dans son *Traité du désespoir* un destin aussi funeste. « L'enfer, c'est les autres », la célèbre réplique du *Huis clos* de Sartre prenait là toute sa dimension.

De plus, il avait fait allusion, avec un humour qui se voulait léger, à ce qui manquait cruellement à sa vie de fantôme : les femmes. À quoi bon en séduire une si au moindre frôlement, à la moindre tentative de flirt, elle traversait votre corps, ne vous laissant qu'une sensation de vide, pas même un tressaillement de la peau sous une caresse ? Maurice n'était pas de ces hommes pour qui, avec l'âge, le goût des honneurs prend progressivement le pas sur la libido. Lui, il était Don Juan. Il se plaisait à me répéter que, tout au long de sa vie, il n'avait poursuivi que les femmes, et que le reste était venu sans qu'il comprenne vraiment pourquoi.

Lorsque, vers l'âge de 90 ans, son ardeur finit par s'émousser, il me dit cette phrase qui me serra le cœur : « Si jamais un jour je n'y arrive plus, alors, adieu Berthe ! » Je me demandai si, dans le cas où le fantôme de cette Berthe existait, elle pourrait résister à son irrésistible attraction. Surtout, j'osais croire qu'il se consolait de cette vie de forçat d'outre-tombe à l'idée de nous revoir, de pouvoir jouer encore avec nous.

Un matin de la semaine suivante, je fus réveillée par la sonnerie de la porte. Il était neuf heures, je n'avais pas dormi autant depuis longtemps. Je sautai du lit et regardai à travers l'œilleton. C'était Émile Boudou ; j'avais complètement oublié notre rendez-vous. Je lui demandai avant d'ouvrir si ça ne le dérangeait pas que je sois en peignoir. Je l'entendis me faire un de ses compliments usuels.

Émile était certainement l'une des personnes les plus lâches et hypocrites qu'il me fut donné de rencontrer. On ne savait même pas comment il avait eu le courage de présenter sa candidature. Mais je l'aimais bien malgré ses défauts, et tout le monde l'appréciait car il était très drôle. Il riait tout le temps, et de bon cœur, pas un de ces petits sourires en coin façon Pompeult, non, un rire sonore qui le faisait plier en deux. Il est vrai qu'en le connaissant mieux on comprenait que, comme c'est souvent le cas, il riait d'abord de ses propres traits d'esprit et ne laissait à son interlocuteur que peu de place pour les siens.

Je me précipitai vers la table afin de cacher mes quatre manuscrits et lui proposai un café. Il s'installa sous le Sarluis, et commença à me conter ses dernières aventures maritimes et ses projets de romans. Émile Boudou, dès qu'il le pouvait, fuyait le monde pour voguer durant des mois sur tous les océans. Il revenait toujours avec un nouveau livre, sur un thème extravagant comme l'art du pédalage pour produire sa propre électricité, ou l'épopée de la bakélite, qui a priori désespérait son éditeur, lequel pensait qu'il n'en vendrait pas cent exemplaires. Pourtant, il s'en écoulait toujours un million à la stupeur générale. Prudents, les journalistes et les critiques avaient pris l'habitude de saluer chacun de ses ouvrages, ce qui ne faisait qu'amplifier le phénomène.

Sans transition, il me dit qu'il n'était à Paris que depuis deux jours, qu'il avait entendu parler de la candidature de Roudéanou, et qu'une rumeur circulait prétendant que je soutenais cette démarche. Il savait bien que je ne me mêlais jamais de ces affaires, ajouta-t-il – oubliant ce que j'avais fait auprès de Maurice pour l'aider à entrer sous la Coupole, alors que mon père m'avait dit « pas d'écolo à l'Académie » –, mais il s'était laissé dire que, répondant aux questions de la perpétuelle, je lui avais raconté que Maurice adorait Roudéanou, et qu'il serait fier que ce fût lui qui prononce son éloge.

Émile s'échauffait, il savait bien que tout cela était faux, et que la candidature du pape était une catastrophe.

— De quoi allons-nous avoir l'air à côté de lui ?

Il en avait parlé à tout son clan, celui des vrais écrivains ; ils mettraient tous une croix.

— Tu sais bien, comme quand ils signent.

Puis il partit dans un éclat de rire qui le secoua si fort qu'il en devint écarlate. Je niai tout en bloc, et l'interrogeai sur son nouveau livre en prenant soin de regarder régulièrement ma montre sous prétexte que j'avais un autre rendez-vous. Il resta encore quelques instants, discourant sur le thème de son prochain roman, une plongée dans l'épopée de la pile voltaïque. Émile considérait que rien n'était plus important pour nos sociétés confrontées aux crises pétrolières que le défi des énergies nouvelles et de la croissance durable. En le raccompagnant, je lui demandai :

— Quand repars-tu ?

— Demain, pour un an. Ça lui fera une croix en moins.

Septième épisode

HABEMUS PAPAM

Les sœurs Mesmacher et leurs cousines plus ou moins éloignées ou avérées, ainsi que quelques figures influentes du milieu littéraire, se réunissaient régulièrement et clandestinement au sein d'un club qu'elles avaient baptisé le Club Proust, car il se tenait dans l'arrière-salle d'un salon de thé à la Madeleine. Elles avaient adopté comme slogan *so chic, so fun* car leurs réunions, si elles avaient pour objet de veiller sur l'influence du clan Mesmacher à l'Académie, étaient aussi l'occasion d'égayer leurs longues journées désœuvrées par des ragots et autres papotages relatifs à chaque élection.

Celle de Roudéanou était de ce point de vue extrêmement prometteuse. Lui et son épouse, bien qu'ils soient célèbres, n'en demeuraient pas moins obscurs aux yeux de toutes ces dames. Cela les changerait de leurs maris, et de leurs amants.

Ce jour-là, une réunion extraordinaire du Club Proust avait été convoquée car on avait appris des choses, et des croustillantes, qui risquaient de compromettre la candidature du pape. J'eus sur tout cela un compte-rendu détaillé grâce à une amie proche qui possédait des Mesmacher dans sa généalogie et avait ainsi réussi à infiltrer le club. Elle adorait mimer chacune des intervenantes et se précipitait chez moi après chaque séance pour me faire un petit spectacle.

La prise de parole ne se passait pas n'importe comment. Il fallait suivre l'ordre hiérarchique des titres de noblesse portés par ces dames, soit par ascendance, soit par alliance.

La parole revenait donc dans l'ordre aux princesses, aux duchesses, aux marquises, aux comtesses, puis aux baronnes. Ensuite, les autres pouvaient raconter ce qu'elles avaient appris. Il était rare que l'on connaisse des potins savoureux au sommet de la hiérarchie, et même si on en connaissait, cela ne se faisait pas de les raconter la première. Trop dangereux.

« J'étais hier avec la baronne, elle m'a dit… » Non, trop risqué, trop exposé, et puis *never explain !* On attendait que les roturières livrent quelques secrets émoustillants afin que les autres se précipitent dessus comme une meute enragée.

Les choses avaient donc démarré mollement, selon l'usage, lorsque vint le tour de la baronne Graziella de Montevideo. Cette personnalité de la jet-set, très connue dans son pays d'origine, l'Argentine, où elle faisait régulièrement la une des tabloïds, était une créature particulièrement belle et racée, avec des cheveux très noirs, toujours impeccablement tirés en arrière, des yeux de braise noirs eux aussi, mais où apparaissaient par instants des éclats bleutés. Graziella ne parlait pas très bien notre langue, et son accent argentin ajoutait à la saveur de ses propos qu'elle ponctuait constamment d'un *ma chériznie*, quel que fût son interlocuteur, qui voulait tout dire.

Lorsqu'elle n'était pas à Buenos Aires, elle était le pilier des nuits parisiennes. On avait déplacé les réunions, qui autrefois avaient lieu le matin au petit déjeuner, au goûter afin de lui laisser le temps de se réveiller, de se préparer, ce qui ne l'empêchait pas d'avoir toujours au moins une demi-heure de retard. Mais on lui passait tout, car c'était une mine et ce jour-là elle ramenait mieux qu'une pierre précieuse : un filon ; du lourd.

Graziella avait en effet appris que la très stricte Mme Roudéanou, qui écrivait des romans libertins sous le pseudonyme de Dalhia, était une des grandes prêtresses des soirées *hardcore*. Cela présentait bien entendu toutes les garanties intellectuelles et artistiques de l'avant-garde la plus raffinée. La plupart de ses ouvrages et de ses « performances » étaient régulièrement salués par les critiques de *Télérama* et du *Pèlerin*. Le livre de Georges Bataille *La Littérature et le Mal* servait de parachute en cas d'attaque des intégristes. Mais la frontière entre la performance SM sur une scène ou dans une galerie d'art et ses prolongements au cœur de la nuit était particulièrement ténue.

La baronne de Montevideo avait appris par ses amis noctambules qu'il existait à Paris un endroit tout à fait extraordinaire près de la gare du Nord. Lieu minuscule dont l'entrée ne comportait aucune enseigne, aucun nom, pas même une indication sous la sonnette. Tout le monde l'appelait Le Sodome et commode car il était tenu par un couple d'anciens antiquaires, mais son vrai nom était La Cravache.

Dalhia, qui régnait sur ce milieu en spécialiste des rapports entre la soumission, la douleur et l'accomplissement personnel, était chaque mois, dans cet endroit secret, la grande ordonnatrice d'une cérémonie de vente aux enchères d'esclaves.

Les participantes retenaient leur souffle ; il régnait dans l'arrière-salle du salon de thé un silence monacal. Elles avaient compris que Graziella s'apprêtait à leur livrer une bombe qui allait bientôt exploser dans tout Paris.

Les questions commencèrent à fuser dans un brouhaha qui faisait mal au crâne. On voulait tout savoir de ces cérémonies secrètes, qui, quoi, comment, où.

La duchesse fit résonner sa cuillère sur sa tasse en porcelaine afin de rétablir le silence, et proposa à Graziella de faire un exposé aussi détaillé que possible, puis demanda aux autres de ne point l'interrompre, d'attendre la fin de son récit pour poser leurs questions.

Graziella put enfin reprendre la parole. Ces séances avaient lieu à La Cravache le dernier vendredi de chaque mois, dans une pièce minuscule à l'entrée du lieu, dont l'espace principal était la cave, qui avait été entièrement aménagée. Une foule se précipitait pour y assister. Il y avait si peu d'espace à l'intérieur qu'il fallait filtrer à l'entrée.

On trouvait là de grands patrons, des artistes, des acteurs et des écrivains célèbres. On recevait en entrant, comme au Monopoly, des billets de banque à l'effigie de deux cravaches croisées. Le montant était dérisoire en comparaison du prix que pouvait atteindre un esclave : on recevait cinquante « cravaches » (c'était devenu le nom de la monnaie), alors que le moindre esclave se vendait pour un minimum de mille cravaches. Le seul moyen était d'avoir une chance de l'acheter, venir avec une personne à vendre, ce qui garantissait l'équilibre de l'assemblée.

Au cours de chaque cérémonie, cinq esclaves étaient mis en vente sur une petite estrade où ils attendaient leur tour dans une sorte de cage à oiseaux dont on ouvrait la porte à l'issue de chaque adjudication. Un commissaire-priseur faisait monter les enchères.

L'esclave, en réalité, demeurait la propriété de son maître, qui le cédait de façon ponctuelle pour la soirée et pour un type de sévices bien définis à l'avance, qui pouvaient n'être qu'une fessée. Il y avait là, mis aux enchères par leurs maîtres, aussi bien des hommes que des femmes. Les prix les plus élevés étaient atteints par des maîtresses qui, pour un soir, se transformaient en esclaves. Ensuite tout le monde descendait sous les voûtes de la cave pour assister à l'exécution des sévices.

Les membres du Club Proust restaient bouche bée. Puis ce fut à nouveau le charivari des questions, auxquelles Graziella, grisée par l'effet de son scoop, répondit comme une star de cinéma en haut des marches de Cannes.

Au milieu de son récit, mon amie me confirma qu'un des habitués de ces étranges ventes n'était autre que le nouvel éditeur de Roudéanou, Gabriel Chalan. Cette information était essentielle et stratégique car elle risquait de compromettre l'élection du pape, dans laquelle Chalan jouait un rôle majeur, d'autant qu'il était le seul de sa profession à être invité chez Maurice le dimanche soir.

Il faut dire que l'éditeur du pape de la littérature contemporaine était lui-même le pape de l'édition. Il dirigeait une maison importante par sa taille, son chiffre d'affaires et ses réseaux, mais qui surtout inspirait à tous une grande frayeur. Par un système de comptes à demi confidentiels, elle était à la manœuvre dans la publication de centaines d'ouvrages qui ne portaient pas sa marque et pouvait mener des attaques en règle contre des institutions, des groupes de presse, des patrons ou des hommes politiques qu'elle avait choisis comme cibles. C'était dans le monde de l'édition l'équivalent d'un commando formé par des drones, des sous-marins, des porte-avions. Mais Gabriel Chalan n'utilisait que très rarement sa force de frappe, et uniquement si on lui manquait de respect.

Il avait entrepris de mener la campagne de son protégé de la façon la plus affable en appelant tous les académiciens pour leur proposer d'écrire la préface d'une série d'ouvrages extrêmement importants dans le domaine de la « haute culture » qu'il s'apprêtait à publier.

Cela portait sur toutes sortes de sujets, des dernières découvertes archéologiques en Auvergne au rôle de la cuisine dans l'émancipation des femmes maghrébines. Chaque académicien pouvait choisir son thème avant d'apposer sa signature sur l'un de ces livres prestigieux. La mention « de l'Académie française » sous le nom du préfacier figurait toujours sur la couverture, en grosses lettres, assurant d'amplifier les ventes de ces *coffee table books*. Tout le monde était content, et cela créait un lien naturel et élégant avec les hommes à l'habit vert. C'était en tout cas l'arme qu'avait choisie notre éditeur pour faire passer son candidat.

M. Chalan était très méchant et on le craignait. Maurice était le seul qu'il faisait rire, comme lorsque, au téléphone, il lui disait avant même de l'avoir salué : « Ben alors si tu réponds, c'est que tu n'es pas encore mort ! »

Cela amusait Maurice, mais moi, pas du tout. Mon père l'adorait car la méchanceté des hommes le distrayait ; il s'ennuyait avec les gentils.

Il m'avait dit un jour que je devrais faire parler l'éditeur sur ses passions, que cela me donnerait une idée de l'originalité du personnage. Un dimanche, profitant d'un moment où nous étions à l'écart et où sa femme ne pouvait nous entendre, je le questionnai. Chalan me répondit avec une étonnante franchise qu'il avait un hobby qui occupait une grande partie de son temps : photographier chez lui de très jeunes filles acceptant de poser plus ou moins dénudées devant son objectif, selon un tarif qu'il fixait à l'avance. Cette collection était sa fierté. Il possédait des milliers de clichés qu'il rangeait méticuleusement dans les tiroirs d'une pièce qui lui servait aussi de studio. Il était persuadé que cela aurait un jour une certaine valeur, car il se considérait comme un grand photographe. À ses yeux, Araki et Molinier, c'était tiédasse. J'eus peur qu'il me propose de poser, mais j'étais déjà trop âgée.

C'est par le biais d'un de ses modèles qu'il avait rencontré Mme Roudéanou qui lui avait fait découvrir l'extraordinaire réserve que pouvait devenir pour lui La Cravache. Les deux couples prirent l'habitude de dîner ensemble. Leurs conversations portaient essentiellement sur la littérature, la libido et le goût des honneurs. Roudéanou et Chalan se reconnurent et s'apprécièrent comme égaux en méchanceté. Le pape devint l'auteur phare de la maison d'édition, et il leur sembla naturel à tous deux qu'il entre, pour réveiller l'ancienne institution, sous la Coupole.

Tout cela ronronnait dans le meilleur des mondes possibles, lorsque la levée de boucliers du clan des écrivains et du Club Proust commença à prendre le dessus. L'orgueil et la jalousie étaient des moteurs puissants, mais en plus, un scandale… Cela risquait de mettre le feu. Il fallait éteindre l'incendie.

Le pape ne se laissa pas impressionner par le tumulte que les rumeurs avaient provoqué. Il en avait entendu d'autres, dont celle selon laquelle il aurait une élection de « maréchal », allusion à certaines de ses prises de position malencontreuses pour un écrivain d'avant-garde. Il expliquait volontiers à sa femme, pour avoir étudié le sujet – son premier livre était un essai sur la vie des ovins –, que les hommes étaient des moutons et que tous ces vieux barbons rêveraient d'avoir une femme telle que Dalhia.

M. et Mme Roudéanou s'aimaient comme au premier jour, et leur amour était plus fort que tout. Il lui promit qu'ils auraient leur revanche sur ce poulailler malfaisant. Il avait bien l'intention d'imposer ses propres règles à tous ces culs bénis ; pour commencer il ne porterait jamais l'habit vert, et n'écrirait jamais son discours de réception. Mais, avant d'en arriver là, il fallait être élu et réunir les dix voix nécessaires pour commencer à espérer.

À son épouse qui s'inquiétait qu'il puisse être exclu de ce cénacle s'il ne se pliait pas aux usages, il répondit que si c'était le cas, il serait en bonne compagnie pour la postérité, aux côtés de Furetière qui avait fait des copier-coller du dictionnaire de l'Académie pour publier son propre ouvrage, de l'Abbé de Saint-Pierre qui s'était permis de critiquer le roi, un frère de combat, et, à la Libération, du Maréchal Pétain, de Charles Maurras, des deux Abel, Bonnard et Hermant, des camarades d'infortune. Puis il répéta :

— Pour être radié, il faut d'abord être élu.

Après les moutons et les poules, il compara, en un jugement gaullien, les académiciens à des veaux que, sans leur rendre la moindre visite ou leur manifester la moindre courtoisie, il ferait tomber un à un. Il est vrai que, de son côté, son éditeur poursuivait sa stratégie inébranlable. Ce serait une année record pour les beaux livres avec préfaces académiques.

Les rumeurs sulfureuses finirent par s'évaporer, la famille Mesmacher était puissante, mais à l'intérieur d'un microcosme. Les médias avaient pris le relais, qui étaient aux mains de grands groupes pour lesquels Chalan comptait davantage que tout le clan Mesmacher, qu'on avait vite fait de renvoyer à ses petits fours. Quant aux bonshommes verts, ils se laissaient progressivement persuader que ce serait redorer leurs blasons personnels et collectifs que de siéger auprès d'un homme bénéficiant d'une telle aura dans la presse du monde entier.

Personne n'osa se présenter face au pape, sauf quelques jeunes gens qui avaient envie qu'on parle d'eux. Du « de quoi va-t-on avoir l'air à côté de lui ? », on était passé au « de quoi va-t-on avoir l'air si on l'empêche d'entrer ? ». Roudéanou avait vu juste : le basculement était inévitable et les académiciens mariés à des Mesmacher durent leur expliquer comment ils avaient plié.

Il y eut une réunion extraordinaire du Club Proust pour constater qu'on était en train de tourner la page d'une certaine époque et surtout pour voter sur le point de savoir si on invitait Mme Roudéanou, ou plutôt Dalhia, à venir faire des conférences devant ces dames de haute vertu. Il y eut pugilat ; certaines connurent des étourdissements qu'il fallut combattre par une avalanche de fraisiers, de mille-feuilles et de crèmes brûlées.

Le débat finit par se centrer sur le thème de la causerie du jour. Ce serait la jalousie : « Génial ! » crièrent-elles rassurées.

Le pape fut élu haut la main, il eut dix-huit voix, même si, à entendre les déclarations des votants, il en avait trente.

C'est à ce moment-là que commença la véritable guerre de tranchée entre ce grand homme qui pensait représenter la souveraineté absolue de l'artiste et l'institution. Celle-ci représentait à ses yeux deux formes de pouvoir qu'il contestait. Celui de l'État, établi sous Napoléon plus que sous Louis XIV, et celui qu'incarnait le cardinal de Richelieu, qu'il assimilait au pouvoir de l'Église. Selon lui, ces deux types de souveraineté étaient complètement dépassés ; or, ils constituaient les bases sur lesquelles s'appuyaient les règles et les usages qu'on prétendait lui imposer d'autorité.

Le spécialiste des ovins qu'il était les envoya paître. Il n'y aurait ni habit ni discours. Ce dernier point m'attrista d'abord. J'aurais tellement aimé assister sous la Coupole à cette magnifique cérémonie, entendre encore les roulements de tambour résonnant sous les voûtes, écouter l'éloge de mon père par une figure internationale de la culture contemporaine.

Mais je repensai à ma mission, à la malédiction du fauteuil 32, à la volonté de Maurice que jamais personne ne lui succède à cette place, qu'il puisse vivre éternellement sa demi-vie de fantôme. Je devais plutôt me réjouir : la malédiction était en marche, plus rien ne l'arrêterait.

Le pape ne prononça jamais son discours de réception et campa sur ses positions ainsi que la perpétuelle sur les siennes. C'était une phase ultime de la guerre froide. Une fois la page tournée, on passerait au terrorisme. Tout cela était finalement assez cocasse, avec des airs de commedia dell'arte.

Mais une chose me bouleversait. Un jour le pape disparaîtrait à son tour, il entrerait dans une autre forme d'immortalité, celle qui permet de voguer au cours des siècles sur la postérité. Roudéanou avait joué un rôle historique dans la vie des lettres, et l'éloge de Maurice serait resté pour les siècles à venir, quand bien même il y aurait inévitablement mêlé la fameuse question du statut du sujet dans la littérature qui occupait des centaines d'étudiants de par le monde et dont Maurice était resté éloigné toute sa vie car il n'était certainement pas un personnage de fiction, mais une réalité si têtue qu'elle s'accrochait encore à son fauteuil dans l'autre monde.

Cette deuxième idée m'attristait également. Toute cette histoire de malédiction à laquelle je devais me plier n'avait de sens que si Maurice était d'une certaine façon prisonnier de ce fauteuil. Ne fallait-il pas que j'outrepasse ma mission, poursuivant mes recherches sur le livre de Toth, sur mes manuscrits, jusqu'à trouver une formule magique permettant au fantôme de Maurice de sortir de l'enceinte de l'Institut, de se détacher de son fauteuil, de continuer sa vie d'ectoplasme librement, n'importe où ?

La malédiction se réalisa définitivement, mettant fin aux polémiques : avant même le jour prévu pour sa réception sous la Coupole, le pape mourut. Les statuts étaient clairs sur ce point. Le fauteuil restait celui de Maurice. J'avais maintenant deux missions : celle, confiée par mon père, de pousser un nouveau candidat dont on pourrait être sûr que même élu il ne parviendrait jamais à faire son éloge, et celle que je m'étais fixée, libérer Maurice de ses chaînes académiques.

Il me fallait sur ce dernier point obtenir son aval ; n'allais-je pas œuvrer contre sa volonté ? Je décidai de retourner au pied du fauteuil 32 avec mes quatre manuscrits pour en parler avec lui.

Laurent Kelkun m'accueillit avec un petit sourire qui me signifiait qu'il attendait ma visite depuis un moment. Il me conduisit directement dans la salle des séances. Je crus entendre une clef tourner dans la serrure lorsqu'il referma la porte.

Je disposai les quatre livres et prononçai la formule magique. Maurice apparut dans son fauteuil, plus souriant que jamais.

— Qu'est-ce qu'on s'est poilés ! me dit-il d'un air goguenard.

Il me demanda si on pouvait trouver un autre zigoto de cet acabit pour la suite. J'essayai de me mettre au diapason de sa faconde et tentai un « l'acabit ne fait pas le moine ni le pape, encore moins l'académicien… » Maurice se renfrogna. Il avait horreur des jeux de mots et des plaisanteries en général. Pour lui, la vie était déjà une immense blague, il était superflu d'en rajouter, surtout si je prenais conscience de son état présent.

Je profitai de cette remarque sur sa situation singulière pour poursuivre mon idée : le libérer de l'Institut, le détacher de son fauteuil. Comment pourrais-je y arriver ? Il avait lu et relu *Le Fauteuil hanté*, avait passé des heures avec le professeur Laclotte penché sur la malédiction du livre de Toth, il était formel : il n'y avait pas d'autre voie que d'appliquer les instructions à la lettre, sinon c'en était fini.

Je retrouvais là son goût pour la discipline inculquée par son père général. Il me fit promettre d'abandonner toute velléité de sortir du chemin étroit qui nous était tracé, de me concentrer sur ma mission : trouver et aider un nouveau candidat susceptible d'être élu et incapable d'être reçu. Je lui en fis le serment.

Quelques jours plus tard, je trouvai un message d'Alexandre Varrin. C'était un ami très proche de Maurice qui était ensuite devenu le mien. Il me priait de venir le voir à propos de quelque chose dont il ne pouvait parler au téléphone.

Il y avait toujours autour d'Alexandre une ambiance de film d'espionnage, comme s'il avait été sur écoute et que tout devait être codé. Ce qu'aimait Maurice chez cet homme et qui les réunissait, c'est qu'il s'était fait tout seul, que, parti de rien, il était devenu le plus grand marchand de livres anciens et de manuscrits de la place.

Ils aimaient échanger durant des heures sur un original de Victor Hugo, un poème de Baudelaire. Maurice n'avait-il pas commencé durant toute sa jeunesse par un emploi de commis de librairie ? Il avait gardé de cette première expérience un goût marqué pour la bibliophilie. C'était même devenu son jardin secret.

Alexandre avait, lui, commencé comme ouvrier chez Renault, puis avait amorcé une carrière politique révolutionnaire en grimpant dans la hiérarchie syndicale jusqu'à devenir, dans l'ombre, le bras droit du chef de la IVe Internationale. L'un des militants de ce mouvement qui, comme c'était la coutume, lisait beaucoup, lui avait proposé de le débarrasser, lors d'un déménagement, de ses centaines de livres au prix de dix centimes l'exemplaire. Courageux, ayant le goût du risque, Alexandre acheta tout et les revendit sur les marchés aux puces pendant le week-end.

Commencer ses journées à quatre heures du matin ne lui faisait pas peur ; n'ayant pas de révolution à accomplir à ce moment-là, il fallait bien que son énergie hors du commun se déverse quelque part. Le trotskyste fit un peu d'entrisme dans le système capitaliste. En deux semaines il avait écoulé tout son stock.

Lorsqu'il fit ses comptes, Alexandre découvrit qu'il avait multiplié son investissement par cent et se dit qu'il était fait pour les affaires, car les coups de force ne lui faisaient pas peur, pas plus que les coups d'État. Il plongea ainsi avec délices et sans le moindre scrupule dans le monde feutré de la bibliophilie.

Il détonnait dans ce milieu de gens discrets par son comportement explosif en salle des ventes où il restait le bras levé, imperturbable, jusqu'à l'obtention du lot qu'il désirait, enchérissant au-delà des ententes de tous ses confrères. Il faisait atteindre des prix mirobolants à tous ces lots, mais il savait qu'il pourrait immédiatement les revendre à des collectionneurs invisibles, qui n'entraient jamais dans sa petite boutique du quartier Saint-Sulpice sans avoir au préalable bien regardé à gauche et à droite pour vérifier que personne ne les avait vus.

Tous ces collectionneurs l'adoraient ; ils étaient souvent eux aussi des « hommes qui s'étaient faits tout seuls ». Le marché des livres anciens, des autographes, est un cercle fermé qui n'accepte que peu de joueurs. Il faut certes avoir de l'argent, mais surtout une compétence spécifique fondée sur la passion de l'écrit, un sixième sens qui vous donne un flair très particulier capable de distinguer ce qui traversera les siècles et ce qui sera vite oublié. Une fois une telle compétence acquise il faut avoir une relation de confiance avec un grand marchand. Le résultat était un marché assez stable où les modes avaient du mal à s'imposer, qui attirait des milliardaires discrets préférant garder leurs trésors à l'abri des coffres-forts plutôt que de fanfaronner en étalant des toiles de maîtres sur les murs de leurs salons.

Tout cela conférait à ce milieu un petit air de mafia qui n'était pas pour déplaire à Maurice ; il aimait s'imaginer en parrain. Cela illustrait à ses yeux le petit mot que lui avait envoyé De Gaulle répondant à son refus poli d'entrer dans son gouvernement de l'après-guerre, qui finissait ainsi : « Je vous laisse donc, mon cher Maurice, à votre coupable industrie. »

Il y avait au fond de la petite boutique de M. Varrin un minuscule bureau de deux mètres sur deux, espace encore réduit par des étagères débordant de livres, par le grand coffre-fort où étaient entreposées les pièces les plus rares, sans parler de l'amoncellement de lots informes qui s'accumulaient sur le bureau, obligeant ses interlocuteurs à se hisser sur leurs accoudoirs afin de les distinguer.

Un jour, Maurice, qui entrait toujours là sans frapper, était revenu en me demandant si j'avais entendu parler d'un certain Bill Gates qui était assis face à Alexandre en train d'observer des documents anciens. Je lui avais répondu que c'était probablement l'homme le plus riche au monde et qu'il était dans les ordinateurs. « Mazette ! m'avait dit Maurice, il ne se mouche pas du coude ton Bill, j'ai bien cru apercevoir ce qu'il était en train de négocier : cela m'avait tout l'air d'être le codex Hammer de Léonard de Vinci. »

J'allai donc, comme il me l'avait demandé, rendre visite à Alexandre Varrin dans sa boutique. Il demanda à son libraire de ne pas nous déranger, referma la porte de son réduit, déplaça quelques piles sur son bureau afin que nous puissions nous voir.

Il entra immédiatement dans le vif du sujet en m'avouant que Maurice l'avait associé à la succession de Gaston Leroux et qu'il avait commis une indélicatesse, disons une maladresse.

— Tu comprends, me dit-il, embarrassé, il y avait quatre manuscrits strictement semblables, ça n'avait pas de sens. De plus, c'était la preuve que l'auteur les fabriquait à la chaîne pour les écouler, ça risquait de jeter un doute sur l'ensemble de la succession.

Il en avait donc vendu trois pour son compte sans prévenir Maurice. Il avait pris ses précautions ; chaque exemplaire avait été cédé à un acheteur de confiance, qui lui avait promis le secret. Mais, depuis la mort de mon père, il était hanté par son geste. Non qu'il l'eût trouvé malhonnête, Alexandre était convaincu d'avoir agi pour le bien de la succession, mais par un sentiment confus qui s'était insinué avec le temps d'avoir aussi touché à quelque chose qui le dépassait et dont il ne pouvait mesurer la portée.

Puis il y avait eu la mort de Roudéanou. Alexandre avait perdu le sommeil, se sentant coupable d'avoir déclenché une malédiction. Trotskyste mais superstitieux ? Je tentai de le rassurer. Son secret ressemblait à celui de Polichinelle ; Maurice était au courant de tout et m'avait dit d'un air moqueur « ce sera sa commission sur l'affaire ». Pour finir de l'apaiser, je lui confiai que j'avais récupéré les quatre manuscrits qui, d'ailleurs, ne m'avaient rien coûté. Il s'épongeait le front. Il n'y avait pas de fenêtre dans son réduit et au bout d'un moment on finissait pas étouffer.

Je profitai de ce moment de faiblesse pour lui demander, le regardant droit dans les yeux, s'il ne restait plus rien de cette succession Leroux. Après avoir hésité, il se retourna vers le coffre, l'ouvrit et sortit une vieille chemise de carton gris où était écrit G.L. ; il me la tendit. Je découvris des notes de la main de Gaston Leroux portant sur la malédiction de Toth. Je glissai le document dans mon sac sans dire un mot.

Je me levai pour regarder ce qu'il y avait d'autre dans ce coffre et lui demandai en souriant s'il ne possédait pas, par hasard, l'original du livre de Toth. Rassuré, il me répondit qu'il ne faisait pas dans le papyrus, que c'était trop fragile.

Alexandre donnait le sentiment d'avoir réglé sa dette en me transmettant ces notes ; je le sentais soulagé et joyeux. Je désignai alors du doigt une autre chemise grise, semblable à la précédente.

— Oh ! ça, me dit-il, ça n'a rien à voir.

Il la prit et me la tendit. Si je ne le croyais pas, je n'avais qu'à y jeter un coup d'œil.

Tandis que je lisais les pages de ce manuscrit tout racorni, il proposa de me le vendre. Je lui demandai de quoi il s'agissait ; il me répondit que c'était le manuscrit inédit, jamais publié, du premier roman de Simon Sonnay. Malgré la chaleur, je poursuivis mon interrogatoire. Pourquoi la même chemise grise ? Pourquoi le manuscrit d'un écrivain vivant était-il enfermé dans le coffre des raretés les plus précieuses ? Il m'assura que c'était une coïncidence, qu'il ne savait pas pourquoi il l'avait mis là, peut-être à cause de la similitude des chemises.

En tout cas, je pouvais devenir propriétaire de ce lot pour un prix raisonnable. Il y avait dans les yeux d'Alexandre une étrange lueur ; il semblait vouloir m'hypnotiser. J'eus l'intuition qu'il ne fallait pas que je refuse. Il me remercia pour l'auteur, qui était dans une situation financière difficile ; Simon Sonnay traversait une mauvaise passe et ce n'était pas la première. Il avait écrit ce roman à l'âge de 26 ans. Il en avait maintenant 66.

À l'époque, il n'avait pas voulu qu'il fût publié et ne l'avait montré à personne. Il craignait surtout la réaction de son père, un des grands écrivains catholiques de son temps. Son roman était truffé de cochonneries, il n'y avait pas d'autre mot pour qualifier cette description clinique de l'imaginaire d'un obsédé sexuel. Tel était d'ailleurs son titre : *L'Obsédé.* C'était si affligeant que son père risquait de dépérir de chagrin si cela sortait avec son nom de famille sur la couverture. Jamais il ne pourrait expliquer comment il avait pu réchauffer dans son sein une progéniture si maléfique.

Simon avait rangé le manuscrit dans un tiroir, en avait repris quelques passages en les édulcorant dans le premier livre qu'il publia, trois ans plus tard. Il y racontait le traitement qu'il aurait suivi pour sa psychopathologie avec la star de la psychanalyse de l'époque. Le problème de ce garçon, c'est que cette cure n'était qu'une fiction, qu'il n'avait jamais suivi aucune thérapie, qu'il n'avait sans doute jamais rencontré le grand maître de l'inconscient devenu le personnage de son roman. Il s'était renseigné auprès de son entourage sur la couleur des sièges de la salle d'attente afin d'écrire des détails qui fassent vrai. Il prétendait être agoraphobe, mais il semblait bien aujourd'hui qu'il s'agissait là encore d'une pure invention.

Simon était brillant, irrésistible et très doué pour l'écriture. Peut-être même trop. Plus le temps passait, plus les succès de librairie se succédaient, plus il plaçait la barre haut. Avec l'âge, la progression devenait difficile, la mythomanie étant de plus en plus destructrice, surtout pour quelqu'un qui aimait se servir de sa « vraie vie » dans la fiction. Sa pathologie avec les années était devenue, m'expliqua Alexandre, une sorte de – « pardon pour le mot » – constipation littéraire. Non qu'il n'arrivât plus à écrire, bien au contraire, c'était un véritable graphomane. Mais lorsqu'il s'agissait de publier, d'imprimer, ça restait bloqué comme dans une occlusion intestinale. Impossible de donner le moindre manuscrit.

Je connaissais l'histoire. Le dernier contrat signé avec une maison d'édition datait de quinze ans. Chaque année la presse annonçait la sortie d'un nouveau roman. Son éditeur se roulait de douleur en voyant s'accumuler les à-valoir. D'ailleurs, personne ne pouvait se moquer de lui car tous les éditeurs de la place lui avaient signé des contrats, et tous dans le milieu des lettres avaient fini par comprendre qu'ils ne verraient jamais le fruit de leurs investissements.

Simon Sonnay commençait à m'intéresser sérieusement, pour des raisons qui ne m'apparaissaient pas encore très bien ; me voyant captivée, Alexandre poursuivit. Pressé de toute part, criblé de dettes, il ne suffisait plus à Simon de se consoler en lisant la correspondance de Baudelaire avec sa mère, dont l'argent était le thème central. Bien qu'il eût une très haute opinion de son œuvre, Sonnay dut se résoudre à l'idée qu'il n'était pas Baudelaire et qu'il lui faudrait trouver de l'argent, ne serait-ce que pour être moins angoissé, pour pouvoir continuer à écrire, ce qui était son principal plaisir dans l'existence.

C'est ainsi qu'il fouilla dans les strates de sa vie de papier et retrouva ce manuscrit disparu depuis quarante ans. L'écrivain se faufila dans l'arrière-boutique comme après un fric-frac et le déposa sur le bureau d'Alexandre en lui disant que tout ce qu'il pourrait en tirer serait le bienvenu.

De cette façon, si je l'achetais au prix qu'il proposait, non seulement je réalisais une affaire, il en était convaincu, d'autant que cet écrivain était une valeur d'avenir pour les bibliophiles, mais en plus je faisais une bonne action pour ce garçon qui était un grand artiste et néanmoins un homme aux abois.

Alexandre me raccompagna sur le trottoir en me disant qu'il ne prendrait pas de commission là-dessus, que je devais mettre mon chèque à l'ordre du publiphobe. Je partis, tenant sous le bras ce trésor. N'avais-je pas trouvé celui que j'attendais ?

Huitième épisode

LES PITRES

La nouvelle bataille allait pouvoir commencer. Je rentrai chez moi, décidée à m'y préparer le mieux possible. Qu'avais-je déjà appris ? Je connaissais la formule pour faire apparaître le fantôme de mon père. J'avais compris par quel moyen je pouvais empêcher que son fauteuil ne fût occupé, et j'y avais réussi avec le pape. Mais pouvais-je être sûre d'y parvenir encore une fois ? Et si j'échouais, si quelqu'un lui volait son fauteuil, comment libérer Maurice de sa prison académique, lui permettre de poursuivre sa vie de spectre ?

Je devais me replonger dans les secrets du *Fauteuil hanté*. Installée face au mystérieux écrivain de Sarluis, je disposai en ligne sur la table mes quatre manuscrits enfermés dans leurs reliures de cuir bleue, rouge, verte et noire. Je posai également les deux chemises grises et allumai la lampe Mouille dont le long bras sortait du mur et venait encercler d'un halo de lumière, sans ombre portée, les précieux documents.

Je regardai d'abord les notes de Gaston Leroux sur Toth. Elles étaient mélangées à quelques fragments d'une correspondance qu'il entretint sur le sujet avec le Sâr Péladan. Leurs commentaires portaient principalement sur l'inversion des forces maléfiques du livre de Toth ; comment passer de la magie noire à la magie blanche, transformer le mal en bien ? Si la malédiction pouvait tuer par les yeux, les oreilles et le nez, la bouche, citée elle aussi dans ce document de l'ancienne Égypte, semblait échapper à la fatalité, à condition de savoir comment s'y prendre. La chanson ou le parfum tuait à coup sûr. Mais le discours pouvait rendre immortel. Il fallait pour cela trouver les mots justes à travers les syllabes contenues dans le nom du personnage incarnant le Sâr Péladan : Éliphas de Saint-Elme de Taillebourg de la Nox.

La chemise de carton gris recélait toute une série de notes autour de ce nom présenté sous la forme de tétragrammes, avec des inversions cabalistiques et des nombres correspondant à chaque lettre. L'ensemble était indéchiffrable pour un non-initié ;

il apparaissait néanmoins clairement que le but était de trouver la formule capable de créer un fantôme. Mais cela, je savais déjà le faire.

Je n'oubliais pas que Roudéanou était mort avant d'avoir prononcé son éloge sous la Coupole. On allait assister à une nouvelle vague de candidatures au fauteuil 32, qui restait toujours celui de Maurice. Il ne fallait pas que le successeur fût capable d'écrire son éloge afin de le soumettre à ses pairs avant de pouvoir le prononcer. Le portrait de Simon Sonnay qu'avait ébauché Alexandre Varrin en faisait un candidat pertinent au regard de ma mission. Simon avait tout pour être élu, il semblait plein de charme et de séduction, était sans doute de bonne compagnie, plein d'esprit, distrayant, d'une culture raffinée et discrète, bref, tout le monde voudrait l'avoir à table pour dîner.

Ensuite, une fois élu, il me semblait improbable qu'il rédige son discours. Il en serait empêché par cette maladie orpheline dont il était atteint. Si orpheline qu'elle n'avait pas de nom et qu'il était peut-être le seul sur terre à en souffrir.

Cette rétention littéraire me paraissait liée au développement surdimensionné de l'ego de l'écrivain, à qui rien ne semblait assez prestigieux pour flatter l'image qu'il avait de lui-même, qui dans son cas était immense ; on racontait que Sonnay souhaitait entrer directement dans La Pléiade. On pouvait désigner ce syndrome comme une pléiodoplexie automutilante.

C'était vraiment le candidat rêvé. Mais son état de précarité était un obstacle qu'il convenait de surmonter pour le rendre présentable. J'entrepris de lire son premier roman, que je venais d'acquérir. Celui dont il avait eu honte à l'époque, que personne ne devait connaître, qu'il avait probablement effacé de sa mémoire : *L'Obsédé.*

Il s'agissait clairement d'un premier jet, un texte fiévreux, celui d'un jeune prodige en proie à la violence de ses passions, de ses obsessions et qui révélait un don d'écriture fulgurant. Mais la maladie était déjà là, non pas dans ce qu'il y avait de scandaleux, mais dans le fait qu'aller si loin créait d'emblée une situation de blocage pour toute publication. Le grand psychanalyste dont Simon avait fait le personnage d'un de ses romans avait cerné ce symptôme en parlant lors d'un de ses séminaires de « poubellication ».

Plus je lisais ce texte, plus j'étais étourdie par son style, sa force, sa fraîcheur torride. J'avais lu d'autres livres de lui écrits des années plus tard, c'était moins saisissant, plus maniéré. Le problème était qu'il s'agissait d'un brouillon qui n'avait jamais été retravaillé puisque Simon n'avait jamais songé à le publier.

J'appelai Alexandre pour lui dire mon éblouissement, le choc que m'avait donné la lecture de ce texte de jeunesse. Tout Sonnay était déjà là, mais avec une pureté, un style qu'il ne retrouverait jamais.

— Très bien, me dit le libraire, mais que veux-tu que j'en fasse ?

Je lui fis part de mon idée. Il me semblait qu'Alexandre avait déjà publié des fac-similés d'auteurs célèbres. Il devait donc être en relation avec un imprimeur, avoir un fichier important de clients à qui il pourrait le proposer en souscription. Alexandre voulut me ramener à la raison.

— Oui bien sûr, j'ai déjà fait ça, mais pour des inédits de Mallarmé ou de Huysmans, j'espère que tu vois quand même la différence.

Je ne me laissai pas démonter par ses sarcasmes et répondis que je lui envoyais une copie et que tout ce que je lui demandais était de relire le texte. J'ajoutai que le sujet était susceptible de lui plaire. Il ne voyait pas ce que je sous-entendais par là ; il lui semblait que le titre *L'Obsédé* suffisait déjà à qualifier l'ouvrage.

Je le prévins que j'allais faire une deuxième photocopie pour montrer le roman à Grand Manitou, qui était sur le point d'établir avec les membres de son jury la première sélection du grand prix littéraire dont il s'occupait.

Je l'envoyai à ce dernier avec un petit mot. Il me rappela quelques jours plus tard pour m'inviter à prendre un verre. Grand Manitou avait beaucoup aimé le roman et imaginait bien que ce n'était pas moi qui avais écrit toutes ces cochonneries. Il brûlait d'en savoir plus. Je lui racontai.

Manitou leva les yeux au ciel en s'écriant :

— Ah ! Si c'est Sonnay, je comprends mieux !

Un tel texte pouvait-il concourir pour le prix ? Pas possible, me répondit-il, il est décerné à un livre écrit dans l'année, c'est dans les statuts ; un ouvrage écrit il y avait quarante ans, aussi génial fût-il, ne pouvait pas être retenu.

— Évidemment, il pourrait le réécrire comme une nouveauté, mais tu connais ses problèmes avec le milieu, ses promesses non tenues, quel éditeur assez fou se lancerait dans une telle aventure ? Il lui faudrait au moins dix ans pour voir arriver la nouvelle version, sans parler de tous les autres qui considèrent que le prochain manuscrit de Sonnay leur est dû.

En me raccompagnant, il me fit comprendre que pour le prix c'était plié, que son chouchou, pour lequel il se battait depuis tant d'années, avait enfin toutes ses chances, que cela permettrait à notre ami Gabriel Chalan, que Maurice aimait tant, de se remettre de la disparition du pape ; le monde était petit, le chouchou de Grand Manitou avait signé chez Chalan pour avoir le prix.

Je me dis que pour Sonnay c'était a priori dans les choux, mais que la compétition entre ces deux grandes plumes à la triste mine n'était pas complètement jouée. Manitou me conseilla pour conclure de faire publier le texte tel qu'il était, dans son jus, avec une préface d'académicien.

J'appelai Alexandre Varrin pour lui raconter mon rendez-vous. Il avait déjà bien avancé dans la lecture et me dit être d'accord avec Grand Manitou : le texte « dans son jus » tenait très bien la route. Il en avait parlé à un ami éditeur de livres précieux en Belgique qui acceptait de faire saisir le texte tel quel sans la moindre correction en le présentant comme un document brut destiné à ceux que l'œuvre de Sonnay intéressait.

— Je n'en parle pas à Simon, me dit-il, ça va lui faire un choc, il est trop fragile en ce moment. Nous lui montrerons les épreuves quand elles seront maquettées, pas avant.

J'étais d'accord avec cette démarche qui me semblait avancer dans la bonne direction. Alexandre était frustré depuis toujours de ne pas être éditeur. Il aurait aimé voir son nom imprimé sur des couvertures d'œuvres susceptibles de traverser le temps ; c'eût été pour lui une petite part d'éternité. De plus, depuis qu'il avait reçu mon chèque, Simon Sonnay faisait son siège dans l'espoir de me rencontrer, afin de me convaincre de lui en acheter un deuxième.

Je conseillai à Alexandre de tenir bon, de dire à son ami que c'était peine perdue. Mais rien ne pouvait plus arrêter Simon. Dès son réveil, vers dix-neuf heures, prenant à peine le temps de se laver, il venait chercher Alexandre au moment où il fermait sa librairie. Simon vivait depuis toujours dans le décalage horaire, un autre symptôme de sa maladie ; il écrivait la nuit, mais n'aimait que la compagnie des lève-tôt.

— En même temps, m'avoua Alexandre, il est totalement irrésistible, nous passons des nuits entières à parler, à rire, à sortir dans des lieux infréquentables, tout en buvant plus que de raison.

J'avais en effet remarqué qu'Alexandre avait depuis quelque temps le teint gris, le visage bouffi et d'épaisses poches sous les yeux. Le fait d'avoir retrouvé Simon commençait à laisser des traces.

La maquette de *L'Obsédé* revint de Belgique avec les coquilles corrigées, la mise en page, un essai de couverture.

Ce fut un choc pour Simon. Il ne se souvenait plus de rien et redécouvrait ce texte de jeunesse plein de fougue ; pourtant c'était bien lui qui avait écrit ça. Il ressortit de sa lecture bouleversé d'avoir retrouvé celui qu'il était quarante ans auparavant, bien avant toutes les vies qu'il s'était inventées dans ses fictions, de découvrir celui qu'il n'aurait jamais dû cesser d'être. Simon était plus que jamais convaincu de son génie littéraire, dont il semblait avoir retrouvé la source. Il était grisé, ivre de lui-même.

Alexandre lui expliqua que le travail avait été fait par un petit éditeur belge qui avait conservé un savoir-faire d'artisan, ce qui conférait à cet opuscule l'aspect d'un objet précieux pour bibliophiles, qu'il pourrait vendre par souscription.

— Pas question, répondit Simon, c'est un chef-d'œuvre, on va l'imprimer à cinquante mille exemplaires, et le diffuser dans toutes les librairies.

Il était métamorphosé. Il avait arrêté de boire, ne dormait pratiquement plus, s'était mis au thé vert, mangeant à peine. Il avait entrepris de réécrire entièrement son texte originel. Alexandre, assuré de ne rien voir venir avant dix ans, eut beau tenter de le convaincre que c'était mission impossible, que l'intérêt de ce texte résidait dans sa fraîcheur, que la technique et l'expérience ne faisaient pas le poids face à l'écrivain surdoué qu'il était quarante ans auparavant, rien n'y faisait. Simon venait de recevoir un électrochoc qui avait mis sa rétention pathologique entre parenthèses. Il écrivait, corrigeait, écrivait encore, il avait retrouvé l'énergie de ses vingt ans. Un mois plus tard, *L'Obsédé* était prêt à sortir en librairie. C'était de très loin son meilleur livre.

Le monde de l'édition est un tout petit milieu. Le bruit entourant cet ouvrage ne tarda pas à circuler. Simon reçut bientôt une lettre recommandée de la grande maison qui s'était lourdement engagée depuis quinze ans sur cet autre livre si attendu par la critique dont tout le monde disait que s'il sortait par miracle, Simon serait le favori du Grand Prix de Manitou. Son titre énigmatique était *La Théorie du nénuphar*.

Cette lettre lui rappelait les termes du contrat, selon lesquels l'auteur n'avait pas le droit de sortir un autre roman avant la publication de celui-ci. Simon, angoissé, montra la lettre à Alexandre, qui lui confirma qu'il risquait cette fois d'avoir de gros ennuis, et lui annonça qu'il n'y avait plus qu'une solution : sortir les deux ouvrages en même temps.

Il n'avait plus qu'un mois pour publier *La Théorie du nénuphar* s'il ne voulait pas faire rater le Grand Prix à son éditeur. L'enjeu était de taille. Pas moins de cinq cent mille exemplaires s'il l'emportait, de quoi rembourser toutes ses dettes. Rien ne pouvait plus l'arrêter. Il piocha dans l'amoncellement de papiers posés par terre à droite de son bureau, et sélectionna une dizaine de courts textes qui s'enchaînaient bien. Certains avaient été écrits il y avait trente ans. Mais plus rien n'importait à Simon Sonnay ; il devait tenir le délai. Il écrivit des transitions, changea des tournures de phrases, essaya de donner du liant à tous ces fragments.

Trois semaines plus tard il envoyait *La Théorie du nénuphar* à son éditeur éberlué qui adressa immédiatement les épreuves à tous les membres du jury dirigé par Grand Manitou. Ce dernier avait sous les yeux les deux romans favoris, et se mit à s'inquiéter pour son chouchou, dont les chances risquaient de s'amenuiser. Il appela immédiatement Chalan afin de le prévenir.

Tout était dans le marbre pour attribuer le Grand Prix à leur chouchou commun. Mais la pierre était au bord de se transformer en sable. Chouchou ne plaisait pas à tout le monde. Il buvait trop lui aussi et lorsqu'il était ivre il pouvait dire n'importe quoi, vexer les gens, annoncer à un membre du jury, par exemple, qu'il le considérait comme un écrivain médiocre. Chalan essayait de lui enseigner la diplomatie, mais Chouchou perdait instantanément la mémoire.

Cette bataille entre deux si curieux spécimens allait alimenter en petites phrases scandaleuses la campagne pour le Grand Prix, qui se présentait comme un événement, du nanan pour les journalistes. Il allait y avoir du sport.

Simon Sonnay rafla le prix d'une voix. On le sortit précipitamment de son lit pour qu'il vienne le recevoir devant les caméras du monde entier. Chalan, Chouchou, Grand Manitou et leurs toutous étaient médusés et fous de rage.

Je découvris cette scène au journal télévisé de 13 heures, et me dis que j'avais atteint mon but : cette nouvelle gloire nationale était désormais taillée pour présenter la candidature de Simon à l'Académie. Mais il fallait y aller doucement, prudemment, et surtout il ne fallait pas que les effets de ce bain de jouvence qui lui avait permis de publier à la fois son premier et son dernier roman durent trop longtemps. Il fallait que la boucle se referme, qu'il ne soit plus jamais en mesure de surmonter son blocage pathologique.

Quelques mois plus tard, Simon avait tant fêté sa victoire que son crédit était épuisé. Il reçut une lettre de la Préfecture lui annonçant que, n'ayant pas payé son loyer depuis trois ans, il allait être expulsé. Il répondit par une de ses missives particulièrement drôles dont il avait le secret, pour dire au préfet qu'il comprenait parfaitement cette décision, mais qu'elle ne pouvait être appliquée, son épouse l'ayant déjà mis dehors.

Simon Sonnay se retrouvait sans domicile fixe, mais ce statut semblait l'amuser ; il convenait à l'image d'écrivain maudit qu'il était en train de se forger. Cela n'en restait pas moins difficile à vivre au quotidien.

Alexandre, comme s'il désirait m'aider à aller jusqu'au bout de ma mission, me proposa de l'accompagner dîner chez le fils de la perpétuelle, lui aussi écrivain, pour qui j'avais beaucoup d'admiration. J'acceptai.

Au milieu du repas, notre hôte parla de ses angoisses à propos de son déjeuner du lendemain en tête à tête avec sa mère, moment complexe puisqu'il devait lui remettre les épreuves de son nouveau roman qui révélait quelques secrets de famille. Il savait que cela allait contrarier sa perpétuelle de mère dont tout le monde connaissait la force de caractère.

Alexandre me jeta un regard interrogateur. Je lui fis un signe de la tête pour lui dire qu'il pouvait se lancer. Il expliqua à notre hôte que s'il voulait détendre l'atmosphère, il pourrait dire à sa mère que Simon Sonnay était à la rue, qu'il cherchait désespérément un toit, et qu'il croyait que le patrimoine immobilier de l'Institut permettrait de régler son problème.

Surtout, plus sérieusement, Simon était tout à fait disposé à présenter sa candidature à l'Académie sur le fauteuil 32. Alexandre termina son intervention en me désignant du doigt. Tout le monde était choqué de cette démarche ; j'en profitai pour dire que je ne voulais en aucun cas être mêlée à ces turpitudes. Le fils de la perpétuelle me regarda avec un sourire complice et dit à Alexandre qu'il ferait passer le message.

J'appris le lendemain qu'il avait tenu parole. Cela avait en effet détendu l'atmosphère. Madame trouvait que c'était une excellente idée ; Simon devait prendre contact avec elle pour se déclarer. Grâce à son Grand Prix, il serait probablement élu sans difficulté. Alexandre prévint Simon, qui était en proie à une nouvelle crise de rétention.

Il ne prit jamais contact, ne présenta pas sa candidature, et ne rencontra pas la perpétuelle.

Je me dis que les choses avançaient dans le bon sens, que la situation complexe laissée par la mort du pape faisait du fauteuil 32 un casse-tête et qu'on repoussait encore l'échéance d'une nouvelle élection.

Pendant ce temps, Simon Sonnay s'était lancé dans une tournée internationale pour promouvoir son prix, ce qui lui permettait d'être invité dans des conditions souvent luxueuses. Simon aimait le luxe et ces voyages offerts lui faisaient oublier sa précarité, lui évitaient d'être confronté à des choses administratives et contraignantes, lui donnaient l'occasion de passer à la télé, d'être reconnu partout dans le monde par de jolies filles que la perspective de côtoyer un grand écrivain rendait folles.

La tournée dura presque un an, et à force on l'avait déjà un peu oublié. Mais Chalan ne décolérait toujours pas de s'être fait ainsi voler le Grand Prix, et d'avoir vu Chouchou après sa défaite se réfugier chez un éditeur concurrent. Or, Chalan était encore très puissant et s'était promis, tel un parrain, de se payer Simon, s'il avait l'audace de revenir en France.

Dès son arrivée à l'aéroport, Simon sentit cette ambiance hostile. Mais il avait autre chose en tête. Il avait fait la rencontre, durant le vol, de Séraphin de Mesmacher et avait parlé avec lui tout au long du voyage. La famille Mesmacher avait du côté des hommes des activités trop sérieuses pour se permettre de garder en leur sein un garçon comme Séraphin, qui avait acquis une réputation de danger public après certaines déclarations tonitruantes dans les médias, lesquelles avaient failli compromettre des contrats que le reste de la famille avait échafaudés durant des années.

Les Mesmacher, réunis en conseil de famille, avaient décidé d'éloigner Séraphin autant que possible en l'envoyant « en mission » dans les coins les plus retirés du globe. Ils avaient même voté à l'unanimité l'achat d'un Falcon personnel, ce qui ne se faisait jamais. Trop plouc ! disait-on.

Séraphin n'avait grandi ni dans son corps ni dans sa tête. Il compensait ses manques par une voix de stentor qui lui permettait d'énoncer des sentences définitives dont il demandait l'approbation à son interlocuteur avec insistance.

Son Falcon devait être en panne, ce qui lui avait donné l'occasion de prendre un avion de ligne et par conséquent d'avoir un voisin pendant de longues heures, de parler avec lui. C'était grisant.

Simon était dans ce genre de circonstances le plus fort, donnant libre cours avec brio à son sens de l'observation, s'insinuant dans les neurones de son interlocuteur en en faisant le siège jusqu'à le transformer en personnage d'un de ses futurs romans. Séraphin était subjugué, il aurait voulu que cette scène puisse être enregistrée par des caméras et organiser une projection dans sa salle de cinéma privée afin de la montrer à toute sa famille.

Les deux nouveaux amis ne pouvaient se quitter ainsi. Séraphin, que son chauffeur attendait dans sa Maserati noire, insista pour déposer Simon, qui, pris de court par cette proposition, ne sut quelle adresse donner. Il dit au hasard « volontiers, quai Voltaire ». Séraphin n'en revenait pas, c'était l'adresse de son hôtel particulier, l'hôtel Bromberg, du nom de son célèbre architecte.

Après avoir échangé leurs coordonnées et s'être promis de se revoir très vite, Séraphin entra dans une immense cour pavée dont les portes s'ouvraient automatiquement tandis que Simon allait se réfugier au café des Beaux-Arts.

Quelques minutes plus tard, Séraphin l'appela pour le convier le lendemain à une rencontre avec le Club Proust qui ferait pour lui une exception à sa règle en recevant un homme. Ces dames étaient impatientes de rencontrer le grand écrivain.

Entre-temps, Simon appela Alexandre pour le prévenir de son retour et lui raconter tout ce qui venait de se passer. Alexandre m'appela à son tour pour me faire un rapport détaillé. Je fis de même avec mon amie infiltrée dans le club pour m'assurer qu'elle ne raterait pas cette séance extraordinaire dans le salon de thé de la Madeleine.

— Tu penses, me répondit-elle, pour rien au monde, tu sauras tout demain soir.

En attendant, je retrouvai avec délice mes notes à propos de Toth. J'avais fini par les connaître par cœur, mais la clef principale me manquait, même si je savais que tout était là. Je sentais confusément que je risquais d'être dépassée, de rater la mission que Maurice m'avait confiée. Je ne trouvai pas, mes recherches restaient vaines. Il fallait que je laisse s'accomplir le destin de Simon Sonnay, qui me semblait de plus en plus être le candidat idéal.

Séraphin arriva en compagnie de son nouvel ami tout auréolé de gloire au salon de thé de la Madeleine. Toutes ces dames étaient déjà là depuis un quart d'heure et avaient eu le temps d'entendre la baronne Graziella de Montevideo faire la présentation de ce prestigieux invité. Elle avait également évoqué la figure de Séraphin, qui était à ses yeux un des hommes les plus charmants de Paris. Ils se voyaient souvent le soir dans des endroits branchés de toutes les capitales du monde.

Aux yeux des Mesmacher, il était une sorte de parent pauvre. Il était sans doute, en réalité, un des plus riches, mais il n'avait jamais réussi à faire quoi que ce fût et passait son temps entre les voyages, ses nombreuses présidences de clubs sportifs particulièrement chics et les soirées organisées pour des œuvres caritatives. Tout le monde le trouvait gentil, mais il transportait avec lui le fardeau de ses complexes physiques et intellectuels.

Son nouveau meilleur ami lauréat du Grand Prix pouvait changer sa vie, il le sentit à l'instant de leur arrivée dans le salon privé où des bruissements admiratifs s'éparpillaient parmi ces dames. On le regardait autrement, c'était évident. Une nouvelle vie allait commencer pour lui, une vie qui aurait un véritable sens.

Simon Sonnay, conscient de l'enjeu, déploya toutes les plumes de sa queue de paon, sachant tour à tour être drôle, émouvant, charmeur, sérieux et flatteur pour chacune d'entre elles. À la fin de cette rencontre, il connaissait leur titre, leur prénom, et avait réussi à convaincre chacune qu'il n'avait parlé que pour elle. Il demanda l'autorisation de sortir quelques instants dans la rue pour fumer une cigarette, laissant Séraphin seul avec les membres du club.

C'était un triomphe. On ne voulait pas perdre de temps, il fallait toute affaire cessante faire entrer Simon à l'Académie.

À l'écoute du récit que me fit mon amie je pensai que le Club Proust était l'instrument du destin pour accomplir les volontés de Maurice. J'étais allée le voir plusieurs fois depuis, me glissant dans l'enceinte de l'Académie sous un prétexte ou un autre. Je prononçais la formule et il apparaissait, toujours aussi heureux de se voir là, de se promener à sa guise dans l'Institut, pour suivre les tractations cocasses qui se tramaient autour de ce malheureux fauteuil.

À maintes reprises quelques candidats étaient parvenus à sortir du lot, mais il fallait constamment repousser l'élection. Maurice se satisfaisait pleinement de cette forme anodine de la malédiction. Ce qui comptait, c'était que le fauteuil 32 restât le sien. Lors de ma dernière visite, il m'avait cependant demandé de suivre une candidature qui l'inquiétait, celle d'un écrivain assez effrayant.

Il était chauve et très laid, mais il écrivait si mal qu'on finissait par oublier sa laideur. Bernard Forlax risquait de plaire à cause de tous ses handicaps. Il n'inquiétait personne, il plaisait bien à la perpétuelle car il jouissait d'une excellente santé et était considéré par beaucoup, parmi lesquels le fils de cette dernière, comme le plus mauvais écrivain français.

Maurice m'avait dit de prendre garde à ce candidat redoutable, peut-être même à toute épreuve depuis que Madame s'en était entichée pour marquer son territoire. Elle avait parfois ce genre de vieux réflexe militaire dont Maurice se méfiait. Bernard Forlax était bien capable de s'asseoir sur son fauteuil.

Je parlai de cette situation avec Alexandre qui me dit qu'il y avait effectivement une offensive pour pousser Forlax sur ce siège – expression qui le mettait en joie –, mais qu'à sa connaissance, ce n'était pas joué.

Il y avait une sorte de mutinerie, de préparation d'un coup d'État fomenté par le clan des écrivains. Ils disaient que face à Roudéanou ils avaient l'air d'écrivaillons, mais que Forlax, non, décidément, il ne fallait pas pousser.

Ils allaient être la risée de toute la presse littéraire.

Le problème que rencontrait cette fronde était que tous les grands écrivains respectés refusaient fermement d'être candidats. « Nous sommes tombés bien bas », se lamentaient-ils. Pour Alexandre, c'était évident, Simon Sonnay était le sauveur. Tout le clan des littéraires voterait pour lui afin de faire barrage à Forlax.

Il appela son ami pour tenter de le persuader ; il avait perdu trop de temps, le fauteuil 32 allait lui passer sous le nez et avec lui la solution de ses problèmes immobiliers. Ce dernier aspect donna à réfléchir au Grand Prix, qui n'avait plus dans son agenda d'invitations à l'étranger. Par précaution, il envoya son éditeur tâter le terrain, lui demandant d'appeler la perpétuelle pour avoir son sentiment.

Celui-ci fut accueilli fraîchement. C'était plié, la clôture de la liste des candidats était dans deux semaines, et tout le monde était d'accord pour élire Forlax sur le 32. Maurice avait raison, les événements s'étaient déroulés sans que je m'en aperçoive, il était trop tard. Et puis, ça ne se faisait pas de présenter sa candidature au dernier moment, sans prendre le temps de faire les visites. Sonnay n'avait qu'à postuler au prochain siège laissé vacant.

Lorsque Simon fit part à Alexandre de la position dissuasive de la perpétuelle, celui-ci ne retint qu'un mot, « c'était plié », qui lui rappela le Grand Prix. On avait dit la même chose pour la victoire de Chouchou, et c'est lui qui avait gagné. Madame n'avait pas vu la levée de boucliers contre Forlax, le clan des écrivains avait bien trop peur de lui en parler. Pour le libraire, il fallait se présenter, même au dernier moment, utiliser sa supériorité sur son concurrent : l'écriture. Simon n'avait pas le temps de faire des visites ? Qu'à cela ne tienne, il écrirait des lettres à tous les académiciens.

Pour mener cette offensive, il lui fallait un QG bien placé à partir duquel il pourrait rayonner. Alexandre demanda à Simon d'évoquer cette perspective auprès de son nouvel ami Séraphin dont l'hôtel particulier était à deux pas du quai Conti.

Séraphin, qui se prenait parfois pour Napoléon, dégrafa un bouton de son gilet, y glissa sa main et, marchant de long en large, prit les décisions suivantes : dès demain Simon s'installerait chez lui, il aurait à sa disposition une équipe chargée de l'aider à écrire ses lettres en lui fournissant toutes les informations nécessaires, puis des coursiers iraient les remettre en mains propres à chaque académicien. De plus, toute la logistique de l'hôtel particulier serait à la disposition de Simon Sonnay pour les réunions et réceptions dont il aurait besoin. Lui,

Séraphin, se chargerait des relations publiques en s'appuyant sur le Club Proust qui, jusqu'à présent, n'avait jamais raté une élection.

Un véritable dispositif de guerre se mit en place, dont Simon occupa le centre, dans un canapé-lit en bois de rose tout de moire tendu qui avait été livré à cet effet, et qui trônait dans le salon. Il faisait de la rétention pour tout ce qui devait être publié, mais pour les correspondances privées, il n'avait aucun problème, au contraire !

Les lettres devaient être si intimes et si élogieuses que personne ne prendrait le risque d'en transmettre une aux journalistes. L'équipe s'affairait dans l'urgence, traçant dans les moindres détails, grâce à Wikipédia, la biographie et la bibliographie de chacun des votants. Simon sélectionnait les ouvrages qui lui semblaient pertinents, puis on lui fournissait des fiches de lecture en faisant ressortir quelques phrases qui montreraient à quel point c'était pour lui des livres de chevet.

Le but de toutes ces lettres était d'avouer que chacun de leurs destinataires avait publié l'ouvrage qui avait donné à Simon l'envie de devenir écrivain, qu'il était à la source de sa vocation. Personne ne pourrait résister à un tel compliment. En quinze jours, il avait fait porter ses lettres à chacun des votants, tandis que Séraphin organisait tous les soirs des réceptions où il conviait le clan Mesmacher, le Club Proust et des écrivains, que des écrivains.

— Je ne veux plus voir personne de la jet-set ici, avait-il déclaré.

Certaines lettres étaient d'une telle drôlerie que toutes ces dames du Club Proust se réunissaient désormais chaque jour à l'hôtel Bromberg pour en faire des lectures à haute voix. Il s'agissait, pour la plupart, de lettres les concernant puisqu'elles étaient adressées à leur époux, à leur amant ou à un membre de leur famille. Ainsi, dans sa lettre à un ancien ministre particulièrement connu pour l'inconsistance littéraire des trois romans qu'il avait publiés, Simon écrivait ceci : « La lecture de votre premier ouvrage, *Le Pilier*, fut pour moi un véritable choc existentiel. Je n'écrivais à l'époque que des chansons pour des amis, et lorsque je lus ce passage : "Elle se tourna vers moi en baissant la tête et me regardant par en dessous (son fameux regard en dessous) elle me déclara que je la troublais terriblement, je me demandais ce qu'elles avaient toutes à s'acharner ainsi sur moi qui n'étais finalement qu'un homme comme les autres", en lisant ces lignes bouleversantes, je compris que j'étais aussi un homme parmi tant d'autres, et cela me décida à entrer en littérature, à marcher dans vos pas. »

Eleanor, l'épouse de l'académicien ministre – elle-même une des filles Mesmacher –, avait du mal à poursuivre sa lecture tant son ventre était pris de convulsions ; la suite devenait inaudible à cause des fous rires qu'elle déclenchait. Tout le monde voulut ensuite savoir si l'ancien ministre avait pu se douter que Simon se payait sa tête. Allait-il, malgré ces flagorneries, lui donner sa voix, ou bien tenir parole et voter pour son ami Forlax qui lui avait rendu de nombreux services ?

Eh bien non, il ne s'était rendu compte de rien, avait été transporté par cette lettre dont, après en avoir fait la lecture à Eleanor, il lui avait demandé si elle en avait déjà rencontré l'auteur. Son épouse lui avait répondu que c'était un génie, et que Simon avait une telle estime pour lui qu'il serait un excellent compagnon pour les séances hebdomadaires du jeudi sur le dictionnaire.

L'ancien ministre resta songeur, puis déclara que Forlax devait encore faire ses preuves et que la manière dont la perpétuelle essayait de l'imposer méritait un petit signe de fermeté. Même les premiers ministres dans les gouvernements où il avait servi savaient qu'on devait compter avec ses choix ;

n'avait-il pas démissionné à cause du projet de centrale nucléaire qu'on voulait implanter près de sa ville natale, dont il était devenu le maire ?

Les votants furent retournés les uns après les autres et « l'opération Bromberg » avançait au pas de charge, tel un raid sur des terroristes. Séraphin était grisé, il commençait même à faire des éloges de son protégé dans la presse ; il s'épanouissait et la présence quasi permanente de sa propre famille, qui l'avait longtemps snobé, l'enchantait. Il eut ainsi l'occasion de bavarder avec ses membres et de les connaître mieux. Il fit même d'importantes découvertes.

Par exemple, il apprit que la sublime Graziella de Montevideo, dont il pensait depuis toujours être le cousin germain, n'avait en fait aucun lien du sang avec lui, celle-ci n'étant pas la fille de son père officiel. D'ailleurs, lui confia un jour Séraphin, « moi non plus ». La disparition de ce lien leur ouvrit des perspectives jusque-là impossibles à envisager. C'était de l'inceste, ça ne l'était plus. Ils se connaissaient des goûts communs, des envies semblables. Ils n'étaient pas loin de tomber amoureux l'un de l'autre. La différence de taille – Séraphin était vraiment petit et Graziella vraiment très grande, d'autant qu'elle portait toujours de hauts talons – ne les gênait pas, au contraire, ça leur allait bien ; ils formaient un couple spectaculaire qui pourrait faire un malheur dans les tabloïds du monde entier.

Constatant que la majorité était en train de basculer, la perpétuelle finit par recevoir chaleureusement Simon Sonnay.

— Je ne savais pas, lui dit-elle, que vous étiez si proche de Séraphin. Vous lui transmettrez mes amitiés, mais dites-lui que s'il veut vous aider à être élu, il faut absolument qu'il soit plus discret avec les médias. Vous savez, tout le monde est très attaché à la respectabilité de la maison.

Lorsque Simon rapporta ses propos à son nouvel ami, il déclencha une de ses célèbres colères. Séraphin était très gentil, mais parfois débordé par ses sautes d'humeur. Il lui apparaissait chaque jour un peu plus qu'il n'était pas fait pour vivre dans le monde feutré de la littérature. Sa famille, qui fut au cours des siècles un des principaux mécènes de la planète, avait accumulé de telles collections d'art, de mobilier, de manuscrits, que le petit Séraphin, écrasé durant toute son enfance par cette surcharge, avait développé un véritable rejet de ce qui s'approchait de près ou de loin de la culture. Même le mot lui faisait horreur, et il revendiquait le fait de n'avoir jamais lu un seul livre. Sa rencontre avec Simon était comme un trou noir dans sa constellation de fêtes et de distractions.

Ce qui le passionnait avant tout, c'était la revanche sociale que représentait cette amitié, et il n'était mobilisé que sur l'enjeu de son élection à l'Académie. Séraphin s'était d'ailleurs entièrement approprié cet objectif et était bien plus excité que si c'était lui qui avait été le candidat. Pour lui, l'Académie représentait un monde inaccessible, il ne savait pas très bien ce que c'était, ni ce qu'on y faisait, mais il la plaçait au-dessus de tout, de la politique, des pouvoirs financiers et même religieux. Enfin, pas du Vatican, qui restait le sommet de sa hiérarchie.

Il réussit à tenir jusqu'au jour de l'élection de Simon Sonnay, qu'il vécut comme un triomphe personnel. À cette occasion, il organisa à l'hôtel Bromberg une fête pour deux mille invités, digne de celles, célèbres, qu'organisait sa grand-mère. Il avait choisi comme thématique de la soirée le vert, et avait demandé aux femmes du Club Proust de s'assurer que leurs académiciens viennent en grande tenue avec toutes leurs décorations et leur épée. Aucun journaliste ne fit le compte-rendu de cette fête ; chacun était persuadé que ses lecteurs ne pourraient croire à la réalité de ce qu'il avait vu.

Le lendemain, Simon se réveilla avec un peu de retard par rapport à ses habitudes ; il était 22 heures, et un étrange silence régnait dans l'hôtel particulier. Simon Sonnay sonna pour qu'on lui apporte un petit déjeuner. Rien. Personne. Il finit par se lever et par découvrir que tous les volets étaient fermés. Apparemment, il n'y avait plus âme qui vive. Il était encore transporté de joie par cette élection surprise ; il se répétait à lui-même qu'il ne la devait qu'à son immense talent d'écrivain autour duquel les preuves s'accumulaient, le Grand Prix, maintenant l'Académie, bientôt La Pléiade, il en était sûr, et pourquoi pas un jour le Prix Babel…

Il errait en rêvant à tout cela dans les couloirs sombres de l'hôtel Bromberg, attentif au moindre bruit, au moindre signe de vie. Toujours le silence. Il finit par descendre dans les sous-sols, où se trouvait l'office et là, soulagé, découvrit qu'il y avait un maître d'hôtel en livrée occupé à nettoyer l'argenterie. Il crut bien reconnaître le dos de Giuseppe, le vieux majordome dont il envisageait de faire un des personnages centraux de son prochain roman. Il lui dit quelques mots ; le vieux serviteur ne répondit pas. Simon se frappa le front ; il venait de se souvenir que Giuseppe était sourd et ne portait pas d'appareil auditif lorsqu'il était au sous-sol car celui-ci sifflait. Il lui tapa sur l'épaule, l'homme se retourna, et eut un geste pour lui demander de patienter un instant.

Il ouvrit le tiroir de la grande table de la cuisine et lui tendit une lettre. Simon reconnut sur l'enveloppe l'écriture de Séraphin. Il eut du mal à la lire tant elle était truffée de fautes d'orthographe et de syntaxe, de contresens. Séraphin étant tombé amoureux de sa fausse cousine Graziella, ils partaient en Argentine où la baronne avait une hacienda de cinq mille hectares au bord de la mer près de Mar del Plata pour s'y marier. La lettre se terminait par ces mots, les seuls correctement écrits : *Isn't it funny ?*

Simon, désarçonné, comprit qu'il n'allait pas rester très longtemps dans cet immense hôtel : son hôte avait emmené tout son personnel avec lui. Or, il ne pouvait envisager de changer ses habitudes. Le vieux majordome lui montra son propre billet d'avion, un aller simple pour Buenos Aires ; bientôt, tout serait vide.

Repris par ses angoisses, Simon ouvrait névrotiquement tous les placards, plus rien ne s'y trouvait, il n'y avait même plus de quoi se faire un thé. Il resta ainsi, tel Robinson, une semaine, puis appela au secours son ami Alexandre, lui expliquant la gravité de la situation.

Celui-ci lui dit qu'il y avait plus grave. Forlax menait une campagne acharnée contre lui et avait mobilisé tous ceux qui avaient des raisons de lui en vouloir comme Chalan et Grand Manitou, qui considéraient qu'il avait volé le Grand Prix de Chouchou. La colère montait dans le milieu de l'édition, les langues se déliaient, on découvrait les sommes qu'il avait touchées de tous les éditeurs pour des livres qu'ils attendaient toujours. Certains allèrent même jusqu'à lui faire des procès pour qu'il restitue ses à-valoir. Les académiciens qui avaient voté pour lui commençaient à vaciller.

Alexandre était très gêné. D'importants collectionneurs étaient venus lui faire comprendre qu'il devait choisir son camp. Il tenta de convaincre Simon de s'allier pour de bon avec la perpétuelle pour contrer toutes ces attaques et peut-être enfin régler son problème immobilier. Mais le syndrome de rétention s'était remis en marche et Simon était comme paralysé.

Il disparut à son tour, suivant peut-être l'exemple de Séraphin qui restait pour lui un véritable traumatisme. Plus personne ne savait où il se cachait. La perpétuelle reçut quelques lettres postées des quatre coins du globe, où il lui faisait part de ses projets d'habit, d'épée, de discours de réception à travers des formules sibyllines qu'elle ne parvenait pas à décoder. Rien n'était clair ; elle avait beau montrer ces messages à tous ses confrères, personne ne voyait ce qu'il voulait dire. C'était des phrases du genre : « Bientôt, chère madame, vous aurez une belle surprise ! »

Les petits hommes verts commencèrent à avoir des doutes sur les promesses de leur nouveau camarade ; ils se montraient les lettres qu'ils avaient reçues avant l'élection, qui leur donnaient l'impression d'avoir été bernés.

Une première date pour sa réception avait été fixée, six mois après son élection. Simon la fit annuler, prétextant un voyage et un problème de couturier pour la fabrication de son habit. Une autre date fut fixée, un an après ; Simon l'annula de nouveau, cette fois sans explication. Cela faisait deux ans qu'il était élu et plus du triple que le fauteuil de Maurice restait vacant. Tout le monde s'agitait. La perpétuelle, qui ne décolérait plus, finit par trouver dans les statuts de l'Académie un règlement fixant une durée limite entre l'élection et la réception. Elle imposa la date du jeudi 16 juin comme ultime possibilité de réception sous la Coupole. Au-delà, on entrait dans l'inconnu, dans une faille dont l'histoire de cette noble institution n'offrait aucun exemple.

Les journalistes s'étaient emparés de l'affaire et commençaient à titrer « La malédiction du fauteuil 32 ». Il y avait le feu. Je déjeunai avec Alexandre pour avoir son sentiment. Il pensait que cette fois le malheureux Simon n'avait plus le choix, qu'il devait surmonter ses blocages et écrire l'éloge de Maurice. Le bruit circulait que, n'ayant pas le temps de se plonger dans sa vie et son œuvre, Simon avait décidé d'en faire un personnage de fiction. C'est ce que je redoutais depuis toujours, comme si j'avais eu le pressentiment que les multiples vies de mon père ne pouvaient que risquer d'inspirer ce genre de travestissement. Lorsqu'Alexandre me dit qu'en outre il pensait que Simon pourrait bien, grâce à cette supercherie, réussir à venir à bout de son discours, je compris qu'il fallait absolument que j'en parle avec le fantôme de Maurice.

J'appelai Laurent Kelkun qui, une fois encore, ne sembla pas étonné et m'autorisa à m'enfermer à nouveau dans la salle des séances. Lorsque les volutes laissant apercevoir Maurice dans son fauteuil réapparurent, j'allai droit au but et lui fis part de mes tourments. Que se passerait-il si Sonnay arrivait à faire passer son idée auprès du Comité académique ? Celui-ci n'accepterait-il pas malgré tout de le recevoir, pour éviter le scandale ?

J'étais au bord des larmes. Maurice regardait fixement sa main droite, l'air soucieux. Sa réponse fut sans appel : si cela devait arriver, si Sonnay pouvait s'asseoir à sa place, il perdrait pour l'éternité son être fantomatique et disparaîtrait à jamais. Puis il me demanda, le regard toujours fixé sur sa main, si je ne le trouvais pas plus transparent qu'à l'accoutumée.

J'essayai de lui cacher que cela m'avait tout de suite frappée, et lui demandai ce qu'il voulait dire par « plus transparent ». Maurice me répondit que cela pouvait être le signe qu'une contre-malédiction était en marche et qu'elle était sur le point de réussir.

Avant de disparaître, il me demanda si j'avais revu le professeur Laclotte. Je savais juste qu'il venait de découvrir un nouvel alignement de tombes, et qu'il était constamment en Égypte ; nous ne nous étions pas croisés depuis un an. Je n'eus pas le temps de développer, car, avec la même soudaineté que quand il raccrochait le téléphone, Maurice disparut. Je sortis de cette visite complètement abattue. Tant d'efforts allaient-ils être balayés d'un revers d'épée ?

J'appelai tout de suite le professeur et tombai sur Mme Laclotte. Son mari venait tout juste de rentrer de voyage, il était en train de défaire ses bagages ; elle me demanda si je pouvais le rappeler le lendemain. Au risque de l'indisposer, j'insistai, c'était une question de vie ou de mort, je devais le voir tout de suite ; je la suppliai de lui transmettre le message que je l'attendais chez moi dès que possible, il comprendrait. Elle marmonna une phrase incompréhensible et raccrocha brutalement.

Une heure plus tard, mon cendrier était plein, j'ouvris la fenêtre pour aérer lorsque j'aperçus le panama crème se diriger vers le portail. Je l'attendis sur le palier.

— Eh bien, eh bien, me dit-il, qu'y a-t-il de si urgent que ça ne puisse attendre demain ?

Je l'installai immédiatement à ma place devant le bureau et lui montrai les notes de Gaston Leroux sur Toth.

— Ah, vous êtes toujours là-dessus ?

Il me dit qu'il trouvait que j'étais bien têtue pour m'acharner à percer un mystère qu'aucun égyptologue n'avait réussi à décrypter en deux siècles. Il sortit son paquet de Craven A sans filtre et plongea dans les notes. Il allumait ses cigarettes les unes après les autres. Au bout d'un moment, c'était si enfumé que je dus rouvrir grand les fenêtres.

Tout à coup, je vis le professeur Laclotte se pencher sur les feuilles de papier jusqu'à les toucher du nez, et remettre son chapeau en arrière, machinalement. Cela donnait à cette scène des allures si cocasses que je finis par me détendre. Il me demanda de m'approcher du texte qu'il était en train de lire. C'était un commentaire sur un hiéroglyphe reproduit de manière minuscule, ce qui expliquait ses efforts pour le voir de plus près. Je regardai ce dessin, il représentait deux bouches l'une au-dessus de l'autre. Le professeur me prit par le bras et me demanda si je me souvenais bien des quatre voies de la malédiction de Toth : les yeux, le nez, les oreilles et la bouche.

— Vous vous rappelez, ajouta-t-il, Gaston Leroux n'avait pas voulu utiliser la bouche pour faire mourir un quatrième académicien.

Bien sûr que je me le rappelais.

— Oui, dit-il, en se mettant tout à coup à rire. Lorsque le personnage du grand Loustalot est bien obligé d'avouer de quoi sont morts les trois académiciens, il finit par s'exclamer : *Ils sont morts parce qu'ils ne se portaient pas bien ! Qu'est-ce que vous voulez que j'y fasse* ?

C'était un message indirect que le professeur m'adressait, peut-être agacé par la désinvolture avec laquelle je l'avais convoqué.

— Mais non, enchaîna-t-il, je plaisante !

Il me confia que ce document était sans doute porteur d'un message de la plus haute importance et me demanda une loupe. Il y en avait une dans le tiroir de la table ; le professeur la plaça devant la double bouche et me demanda si je voyais une différence entre les deux. En regardant attentivement, on distinguait que celle du dessus était légèrement ouverte alors que celle du dessous était fermée.

Laclotte enchaîna : il s'agissait d'un hiéroglyphe complètement inconnu dont Leroux, dans ses notes et sa correspondance avec le Sâr Péladan, essayait de percer le secret. D'après ce que le professeur parvenait à décrypter il y avait dans la malédiction de Toth – qu'elle fonctionnât de façon maléfique en tuant des gens ou de façon positive en les rendant immortels – deux fonctions du rôle symbolique de la bouche. Lorsqu'elle était ouverte, cela faisait référence à l'oralité, à la parole, au discours, et lorsqu'elle était fermée, cela faisait aussi référence au langage, mais à celui de l'écriture.

C'était limpide et cela expliquait pourquoi un simple discours oral ne suffisait pas pour s'emparer du fauteuil de Maurice. Il fallait l'écrire, ce qui était une difficulté pour Sonnay comme cela l'avait été pour Roudéanou. Sauf que si, le 16 juin, Simon

Sonnay, galvanisé par la transformation de mon père en personnage de fiction, passait en force, j'aurais échoué dans ma mission, et Maurice disparaîtrait définitivement.

J'essayai d'interroger le professeur sans trop lui donner d'informations afin de ne pas paraître complètement folle. Je me lançai alors dans des digressions alambiquées que le savant stoppa d'une phrase.

— Vous voulez me parler du fauteuil de votre père, eh bien dites-moi simplement ce que vous désirez savoir.

Je compris à cet instant que, comme pour Laurent Kelkun, rien n'avait de secret pour lui. Soulagée, je lui demandai s'il était obligatoire chez les Égyptiens qu'un fantôme fût par nature prisonnier d'un lieu. Que n'avais-je fait ? Qu'est-ce qu'il m'avait pris de poser une telle question au professeur Laclotte dont tout le monde savait que la moindre interrogation le lançait dans des explications sans fin ?

Laclotte inspira profondément et entreprit d'entrer dans la généalogie de toutes les figures de fantômes à travers les civilisations. Des succubes aux incubes en passant par les goules, ce fut interminable. Je m'endormis quelques secondes assise sur ma chaise ; il ne s'en aperçut pas.

Durant ce cours sommeil, un rêve advint. Dans notre bergerie de Saint-Florent, en Corse, Maurice était assis à sa table de travail, face aux oliviers qu'il aimait tant. Regardant par la fenêtre de son bureau il écrivait, lorsqu'il sentit ma présence, se tourna vers moi et me demanda de préparer avec la cuisinière un dîner pour quarante convives sur la table en pierre de la terrasse. Même avec les rallonges en bois, on pouvait tenir maximum à douze, c'était impossible.

— Débrouille-toi !

Puis, me tournant le dos, il se remit au travail.

— Il faut que j'aie fini pour le 16 juin, enchaîna-t-il.

Cela tournait au cauchemar. Je me réveillai et relevai la tête. Laclotte en était aux Ulug et Gigim chaldéennes et abordait les Baba Yaga russes. Ce rêve m'avait tellement troublée que j'eus l'audace de l'interrompre pour le supplier de revenir à la question que je lui avais posée. Ne sachant pas très bien quoi me répondre, il faillit repartir sur Isis et Osiris, mais je le recadrai.

Ce qui m'intéressait, c'était de connaître les sources sur lesquelles s'appuyait le livre de Toth et de comprendre ce qui était indispensable, pas plus. Comment détacher le fantôme de Maurice de la prison où il était enfermé, de ce fauteuil qui pouvait lui être fatal si quelqu'un venait à se l'approprier ?

Laclotte était pensif et hochait la tête de droite à gauche en disant :

— Ben vous, alors, vous n'y allez pas par quatre chemins. Pour répondre à votre question, il faudrait être un grand initié. Moi, je ne suis qu'un humble chercheur.

Je ne lui en demandais pas tant, et souhaitais juste connaître les premiers éléments pour pouvoir agir. Il eut pitié de moi et commença par le b.a. ba du culte égyptien, celui qui avait servi de référence à Gaston Leroux. Symbolisé par un oiseau à tête humaine, il y avait le Bâ, l'équivalent de ce que nous appelons l'âme humaine, qui avait besoin d'offrandes matérielles. Et puis, il y avait le Vâkh, c'est-à-dire l'esprit immortel, le principe lumineux, celui qui fait apparaître les fantômes, lequel dépendait selon lui principalement des rituels d'initiation, comme ceux que j'avais utilisés pour faire apparaître le fantôme de Maurice sur son fauteuil.

Enfin – c'était ce qui concernait directement ma question –, le Kâ ; cette énergie vitale pouvait se perpétuer au-delà de la mort, mais il lui fallait un support. Chez les Égyptiens, ce pouvait être une statue, un sarcophage, une momie ou tout simplement une image. C'est là que s'arrêtait notre compétence. Et moi qui n'en avais aucune, comment pourrais-je libérer le Kâ de son support ?

Les prêtres initiés qu'on appelait les « serviteurs du Kâ » savaient, eux, comment l'alimenter en suivant les préceptes du livre des morts ; ils étaient capables de guider le Kâ jusqu'à le faire sortir au grand jour.

— Voilà ma limite, conclut le professeur Laclotte, je ne suis pas un serviteur du Kâ, je ne sais pas comment libérer le fantôme de Maurice de sa prison académique, c'est un peu sa pyramide, ni de son fauteuil qui lui tient lieu de sarcophage.

Ayant prononcé ces paroles définitives, il se leva, me salua ; sur le pas de la porte, il se retourna et me dit :

— N'oubliez pas qu'Osiris est représenté comme un homme à la peau verte... Oh, et puis, débrouillez-vous !

C'était comme dans mon rêve. Il était quand même facile à interpréter : il fallait que je me débrouille avec les quarante incarnations vertes d'Osiris, et que je reste dans le cadre de la bouche cousue, en évitant la bouche ouverte qui représentait le discours. C'était lumineux. Il fallait que je trace mon chemin toute seule, à travers l'écriture.

Je n'avais pas besoin d'un éloge à prononcer sous la Coupole pour écrire celui de cet homme bien réel, tout le contraire d'un personnage de fiction. Là résidait la clef, le sens de ma démarche. Je devais inverser les rôles, écrire un roman où Maurice, bien que mort, apparaîtrait réel, fût-il un fantôme, et où tous ceux qui pensaient pouvoir l'effacer deviendraient des personnages de fiction.

Ma nouvelle mission, celle que je me confiais moi-même, était claire. Il ne fallait pas en parler à Maurice, tout serait faussé et puis, il m'avait bien dit, lui aussi, de me débrouiller. En revanche, le chronomètre était enclenché ; il fallait absolument que mon livre sorte en librairie avant le 16 juin. Il me restait si peu de temps.

Je décidai de l'appeler *Le Fantôme du fauteuil 32* et de me retirer à Saint-Florent pour l'écrire aussi vite que possible, sans être dérangée. Plus personne ne pourrait me joindre. Je savais que je devais l'écrire sur le bureau en bois de Maurice dans la bergerie de pierre. C'est là que se jouait la partie finale : le compte à rebours pour être présente dans toutes les librairies avant la cérémonie de réception sous la Coupole.

J'appelai Alexandre pour qu'il se charge de tout organiser. La mise en vente aurait lieu le 15 juin, cela ne pouvait souffrir le moindre retard, d'autant que si je ne sortais pas ce mercredi-là, tout serait retardé d'une semaine, les calendriers commerciaux étaient impérieux sur ce point. Or, Sonnay pouvait dès le jeudi 16 faire l'éloge de Maurice en personnage de fiction, et être reçu sur le fauteuil 32. Mon père allait mourir une seconde fois.

Alexandre appela l'imprimeur, le distributeur. Mon manuscrit devait être prêt au plus tard pour la fête des Mères, c'est-à-dire le 29 mai. J'aurais préféré que ce fût la fête des Pères, mais elle tombait le 19 juin, c'était trop tard. Je prévins Alexandre de mon départ, lui disant que s'il se passait quelque chose de grave, il devait appeler mon amie Marie Antonetti qui me ferait passer le message. Puis, je m'envolai pour Saint-Florent.

Neuvième épisode

EXCURSUS

Lorsque j'arrivai à l'aéroport de Bastia, Tintin le taxi m'attendait. Il me fit signe et empoigna mon bagage. Faire la route avec lui à travers les montagnes pour rejoindre le Cap Corse était, depuis mon enfance, un rituel immuable. En quelques secondes je laissais tout derrière moi, Paris, ses rumeurs. Je me souvins des conversations entre Maurice et Tintin. Au bout d'une demi-heure de route, on avait fait le tour de toutes les choses importantes.

C'était avec moi, désormais, qu'il bavardait, me racontant les péripéties des uns et des autres, surtout de ceux du continent. Je n'avais jamais compris par quel miracle, à l'instant même où je posais les pieds en Corse, je devenais corse. Parfois même l'accent me venait. D'où ? Je ne sais pas. L'arrivée dans notre bergerie provoquait toujours en moi une émotion intense.

Je respirai le parfum des lauriers, des poivriers, des pins maritimes qui semblaient immortels, et regardai au loin les montagnes bleu et rose du Cap Corse, le port de Saint-Florent à leur pied, la mer comme un lac. Je m'abandonnai à cette beauté et devinai qu'au bout du chemin, je sentirais des présences, celles de tous ceux avec qui j'avais passé mes étés, depuis toujours, ici.

La bergerie était bâtie en pierres et en lauzes, de plain-pied. La chambre de Maurice donnait sur une terrasse abritée par des canisses. M'approchant, je regardai de l'extérieur à travers la moustiquaire ; on ne distinguait pas bien son bureau, une épaisse planche de chêne scellée au mur face à la fenêtre dans l'entrée à gauche, tapie dans l'ombre. J'avais toujours eu peur d'entrer et j'étais pétrifiée à l'idée de tomber sur lui en train d'écrire, comme dans mon rêve.

Mais cette fois, je devais surmonter mes frayeurs enfantines. Aujourd'hui, c'est moi qui m'installerais à cette place sur sa grande chaise de cuir clouté pour écrire *Le Fantôme du fauteuil 32* au milieu de ses affaires, de ses objets, qui n'avaient pas bougé.

J'avais toujours été surprise par l'impression que donnait Maurice lorsqu'il se déplaçait dans l'air. Lui, l'« homme pressé », le Juif sans véritables racines, l'esthète qui semblait flotter dans l'éther, qui donnait le sentiment d'être là et ailleurs dans le même instant.

Cette maison était le seul endroit où je lui découvrais des racines. Sur cette terre aride du désert des Agriates, dans ce pays où il aimait marcher des heures durant. Il m'avait transmis sa passion pour ce lieu, et je savais que c'était là que je devais écrire ce livre, nulle part ailleurs. Entre ces murs où ils étaient tous passés, les personnages de mon roman viendraient un à un me rendre visite. Ils étaient les mêmes que ceux des dimanches du faubourg Saint-Honoré, des hivers à Venise, des étés ici, en Corse.

Je me mis à écrire au fil de leurs visites, les souvenirs se bousculaient sur le papier, comme si toutes ces figures surgissaient par en dessous, sortant tout droit de la planche de chêne. Présences fugitives passant à toute allure, je devais être constamment sur le qui-vive pour les attraper, les saisir et les coucher sur le papier. Ils ne venaient jamais seuls, toujours à plusieurs, et leurs visages se mélangeaient pour former des personnages imaginaires.

Il ne s'agissait pas pour moi de faire leur éloge. Mon but était d'écrire celui de Maurice, le vrai, celui qui avait passé tant d'années à écrire ici au milieu de ses centaines de brouillons épars, sur des mondes engloutis dont lui seul semblait avoir gardé la trace et percé les mystères.

Mon père était réel, si réel, si libre, et pourtant, désormais, il était devenu un fantôme, emprisonné au milieu de tous les miroirs aux alouettes du quai Conti, de toutes les rondes des vanités, qui lui plaisaient tant à l'époque, mais qui s'étaient refermées sur son spectre. Il fallait que j'avance dans ce qui était devenu une course contre la montre. Je n'avais plus le temps de m'étendre sur les aspects de sa vie qui m'intriguaient, sur son curieux cercle d'amis, sur ses innombrables maîtresses. La séduction bien sûr, mais surtout peut-être le mystère de son élégance qui échappait aux modes et à tous les dandysmes et ne reflétait que celle de son cœur.

Comment le décrire, permettre qu'on l'approche jusqu'à le toucher du doigt, alors que, même pour moi, sa vie restait une énigme ? Tout le monde lui succombait, comme s'il envoûtait les êtres. Le même mystère accompagnait son rapport avec les objets, il les subjuguait, eux aussi, rendant parfois les femmes jalouses au point qu'elles auraient voulu les remplacer dans son regard. Elles voulaient qu'il les regarde, les repère, comme il repérait les chefs-d'œuvre de l'art.

Plus j'avançais dans mon récit, plus j'étais surprise par ce vilain tour du destin qui accrochait son fantôme à ce fauteuil, ce qui lui ressemblait si peu, à lui, l'insaisissable Don Juan. J'avais photographié ce fauteuil vide et avais posé l'image devant moi sur le bureau. Je regardais intensément ses contours. J'avais parfois l'impression que mon père allait apparaître. Comment un tel homme de goût pouvait s'être laissé attacher à cette chose dégoulinante de dorures, aux formes rococo, un meuble dont on aurait dit qu'il était fait pour décorer un salon d'émir ou celui d'un milliardaire russe ? Non, il n'était pas envisageable qu'il puisse y être attaché. Il n'en était que le prisonnier.

Bien qu'il ne m'en eût jamais parlé, bien que cela n'eût pas fait partie de ses dernières volontés, je compris qu'il fallait absolument que je le détache de ce fauteuil. Il irait si bien à son successeur, me disais-je. J'avais compris, grâce au double symbole de la bouche ouverte et de la bouche fermée, qu'il y avait une opposition entre ce dernier et moi. Pour celui qui voulait prendre la place de Maurice, c'était la bouche ouverte, celle du discours de réception. Pour moi, qui voulais libérer le fantôme de son fauteuil, c'était bouche cousue, les yeux fermés, les oreilles et le nez bouchés. Il ne me restait qu'un seul moyen pour toucher au but : écrire, écrire, écrire et livrer mon texte à temps pour que le livre sorte en librairie avant la séance de réception sous la Coupole.

Par moments, un doute profond me saisissait. Comment pouvais-je être sûre que l'écriture, celle de la bouche close, l'éloge muet, serait la démarche efficace, la botte secrète ? Il y avait bien les trois formes égyptiennes du Kâ sur lesquelles le professeur Laclotte semblait formel. Mais ce qui valait pour un pharaon était-il applicable à un académicien ? Je faillis abandonner à plusieurs reprises.

Mais à chaque fois, un petit homme vert surgissait entre mes lignes, ou bien une Mesmacher, et ça repartait. Et un jour, j'eus la certitude d'être sur la bonne voie. J'avais été obnubilée par la date de naissance de Maurice, le 4 janvier 1910, dont on trouvait la trace dans tous les éléments des rituels magiques ; les dessins du manuscrit du *Fauteuil hanté*, la date du tableau de Sarluis, tout convergeait vers cette date. Je ne parvenais pas à comprendre les raisons de ces coïncidences, mais je ne les cherchais même pas puisque cela avait marché et qu'avec leur aide j'avais réussi à faire apparaître le fantôme.

Je ne doutais plus qu'il devait y avoir une autre date fétiche, un moment précis qui pourrait me servir dans cette autre expérience magique destinée à libérer le fantôme. Jusque-là, seuls les manuscrits m'avaient guidée. Ils étaient restés dans mon sac, sur le lit de ma chambre. Je n'avais sous les yeux que le livre de poche du *Fauteuil hanté* dont j'avais constamment besoin puisque c'était lui qui me servait de guide dans l'écriture.

J'allai à la toute dernière page du volume, où figuraient les mentions légales. Là, était écrit en tout petit : *Première édition, 15 juin 1910*. C'était inouï, la date de parution que j'avais dû choisir pour la sortie en librairie de mon livre afin que Maurice ne disparaisse pas complètement était celle, précisément, de la sortie du *Fauteuil hanté*.

J'étais galvanisée par cette découverte et décidai de ne plus relever le nez de mes pages jusqu'au 29 mai – date du bon à tirer que je devrais donner à l'imprimeur pour que le livre soit fabriqué –, ni, bien sûr, ouvrir la bouche. C'était la consigne que je m'étais fixée : écrire et rien d'autre.

Je parvins, de cette manière, jusqu'à la veille du jour fatidique. Le roman s'était déroulé sous ma plume, comme malgré moi, comme si cela ne dépendait plus de ma propre volonté, que j'assistais, passive et silencieuse, à sa naissance. Une petite voix intérieure me disait que lorsque ce serait terminé je devrais inscrire à la main en lettres capitales le mot FIN. Mais ça ne venait pas.

Il y avait une sorte de boucle où je tournais en rond, tel un animal de laboratoire, sans parvenir à trouver l'issue de ce chemin initiatique, l'excursus de ce texte libérateur. Je regardai défiler les heures de ce 28 mai et restai inhibée devant la feuille blanche. Je repensai à Simon Sonnay et à ses blocages. À force d'être arc-boutée sur la perspective funeste de son discours de réception, sa fameuse rétention éditoriale avait-elle fini par me contaminer ?

Je me levai et commençai à marcher de long en large dans ce bureau, pieds nus, sur la natte tressée qui protégeait le sol et n'avait jamais été changée. Il n'y avait qu'un seul meuble à droite de la planche de chêne. C'était une grande armoire d'origine mongole aux motifs rouge et or qui, selon la mythologie familiale, avait été offerte à Maurice par son ami Paul Morand. Elle possédait une double porte dans la partie inférieure et une autre dans la partie supérieure, que je n'aimais pas ouvrir. Elles évoquaient un interdit très ancien ; du vivant de mon père, elles étaient toujours fermées à clef.

De l'autre côté, à gauche, dans le prolongement du mur, avait été placée une banquette de pierre avec un matelas recouvert de toile et des coussins qui formaient un canapé-lit. Souvent, j'y surprenais Maurice en train de somnoler, faisant des pauses dans l'écriture. J'avais toujours, à ces moments-là, l'envie de profiter de son sommeil pour lui voler la clef du meuble afin de découvrir les mystères qu'il y enfermait. Un jour, j'avais essayé, mais le grincement des portes était tel qu'il s'était réveillé en sursaut et m'avait demandé ce que je faisais là.

Je comprenais aujourd'hui, à cet instant, le rêve où il m'avait dit de me débrouiller toute seule. Après tout, le meuble n'était plus fermé, et rien ne m'empêchait de l'ouvrir.

Les portes du bas s'entrebâillèrent dans un grincement infernal. Il n'y avait plus rien. Celles de la partie haute firent un bruit encore plus strident, comme la longue plainte d'un animal blessé. À l'intérieur il y avait un tiroir central ; je l'ouvris et tombai sur des lettres éparses ; je commençai à les parcourir, mais il y en avait trop, des lettres de maîtresses, je n'avais pas le temps. Une autre fois.

Au-dessus, dans le fond, ne restait qu'une rangée de vieux livres poussiéreux. Les dos étaient usés ou déchirés, en tout cas illisibles. Je les retournai afin de voir leurs couvertures, et m'arrêtai sur un petit fascicule rouge, la revue *Lisez-moi* des éditions Jules Tallandier. Il y avait au milieu la photographie d'un homme portant une belle moustache en pointe et tenant une plume à la main, dans la même posture que l'écrivain de Sarluis. Le nom de ce personnage figurait sous son portrait ; c'était Robert de Flers.

Je sentis que j'avais attrapé le fil qui me conduirait au mot FIN. Je regardai le sommaire, et je découvris que je ne m'étais pas trompée. Imprimé en bleu sur fond jaune, je pus lire : « *L'Habit vert*, comédie en quatre actes par Robert de Flers et G. A. de Caillavet ». J'étais stupéfaite et en même temps je trouvais cela tout à fait normal, comme si j'avais su de toute éternité que ce texte était là, attendant sagement que je m'en empare. Je me précipitai jusqu'à l'extrait de la célèbre pièce de théâtre. Il s'agissait du troisième acte.

Je m'y plongeai dans un état d'intense fébrilité. Il était déjà une heure du matin. Plus une minute à perdre. Je m'arrêtai cependant sur une photographie qui réunissait deux hommes en costume noir, particulièrement élégants. La légende disait : « Marcel Proust et Robert de Flers lors de la première de *L'Habit vert* au Théâtre des Variétés le 15 juin 1911 ». Cette fois-ci, il n'y avait plus de doute, plus de coïncidence possible, c'était la même date, le 15 juin, comme la première édition du *Fauteuil hanté*, et, de plus, nous allions en fêter le centenaire.

Décidément, à l'époque, l'Académie française passionnait les foules. Le troisième acte se passait dans la salle des séances de l'Académie le jour de la réception du comte Hubert de Latour-Latour. C'était incroyable, je retrouvais dans ce troisième acte la reproduction fidèle de la façon dont je me représentais la réception de Simon Sonnay.

Il y avait là tous mes personnages. Je tombai tout de suite sur l'ancêtre de Laurent Kelkun, un certain Pinchet, qui recevait tout le monde. À une dame qui, craignant que la température ne la fasse défaillir, lui disait : *On étouffe, c'est effrayant, si on ouvrait les fenêtres ?* il répondait : *Madame, il n'y a pas de fenêtre à l'Académie !* Elle insistait : *Mais alors, comment fait-on pour changer d'air ?* Il rétorquait : *On ne l'a jamais changé, madame !*

Cette pièce de théâtre était providentielle, elle me fournirait, j'en étais sûre, de quoi aller jusqu'au bout. Je cherchai. Je trouvai la duchesse de Maulévrier avec son fort accent étranger, comme ma baronne Graziella. Tout à coup, des images me revinrent : c'était Elvire Popesco. Comment avais-je pu oublier ce film que mon père aimait tant ? La duchesse était la maîtresse d'Hubert de Latour-Latour, le récipendiaire du jour. L'académicien qui l'accueillait n'était autre que le duc, l'époux de la duchesse.

La duchesse était inquiète : elle venait d'égarer une lettre adressée à son Hubert adoré, à son « Coco » comme elle appelait Latour-Latour dans l'intimité. Je sentis, sans savoir pourquoi, que j'approchais du but. J'étais persuadée que la phrase magique, celle qui libèrerait Maurice, se trouvait dans cette lettre de vaudeville.

Je retournai vers l'armoire et découvris une vieille cassette vidéo que nous regardions, chaque été, avec le clan des académiciens. C'était l'adaptation au cinéma de *L'Habit vert* avec Elvire Popesco. Il s'agissait d'un rituel que personne ne pouvait rater. Tout le monde se reconnaissait et les éclats de rire couvraient la moitié des dialogues.

Le discours de réception d'Hubert était un chef-d'œuvre de loufoquerie.

Messieurs, tout pénétré de gratitude et tout ému encore de la bienveillance que vous m'avez témoignée en m'accueillant dans votre compagnie, je ne crois pouvoir mieux le reconnaître que par une franchise, qui a son élégance. Je vous l'avouerai donc tout d'abord, messieurs : c'est la première fois que j'assiste à une réception académique. Il est vrai de dire que celle-ci n'aurait pu que malaisément se passer de ma présence.

Un silence glacé accueillit ce trait d'esprit inaugural. L'ensemble du discours était de la même veine ; Maurice aimait tout particulièrement le moment où Hubert expliquait à quel point il était *pratique d'en faire partie. Admirable compagnie que la vôtre messieurs*, leur déclarait-il ; s'il était malade, il y avait parmi eux un médecin, s'il commettait un acte délictueux il y avait un avocat, et ainsi de suite pour toutes les professions qui pouvaient être utiles.

Cette conception assez « neuve » de l'Académie convenait à merveille à l'esprit de Simon Sonnay et je n'imaginais pas que son discours pût s'en éloigner beaucoup. Latour-Latour concluait l'éloge émouvant de son défunt prédécesseur en déclarant que celui-ci *dans sa vie, comme dans son œuvre, ignora la femme.* Toute l'assemblée entendit la duchesse s'exclamer : *Le pauvre homme !*

Vint alors le moment que j'attendais, celui où le duc prononçait son discours pour recevoir l'amant de sa femme.

Comment ne me plairais-je pas, monsieur, à voir l'amitié que je vous porte s'accorder si parfaitement avec l'estime où je vous tiens, à rappeler en cet instant les liens affectueux qui nous unissent, et à vous dire comme Épictète à ses disciples préférés…

Je sus que je touchais au but. Le duc reprit son souffle et, dans un silence de cathédrale, tournant la page, déclama :

… *Draga Hubert Coco.*

La duchesse, au bord de l'évanouissement, s'écria : *Ma lettre !*

Elle s'était glissée par mégarde dans les papiers de son mari !

Le duc, furieux d'avoir ainsi découvert qu'il était trahi, interrompit la séance de réception.

La duchesse l'implora : *Ne m'écrasez pas, je suis saccagée !*

Le duc réclama son manteau et sa voiture. Pinchet était au comble du stress. C'était un scandale sans précédent. Il se mit à genoux.

Je vous en supplie, monsieur le duc, songez à notre fondateur, songez au cardinal de Richelieu !

Et le duc de lui répondre : *Monsieur Pinchet, au moment où l'on vient d'apprendre que l'on est cocu, le cardinal de Richelieu est la dernière personne à qui l'on pense.*

C'était indépassable ! J'arrivai exténuée au bout de ce texte. Il était quatre heures du matin ce 29 mai, j'allais devoir mettre le mot FIN. Je commençai par réécrire le début de la lettre de la duchesse en majuscules :

DRAGA HUBERT COCO

et je le prononçai à voix haute en essayant d'imiter l'accent d'Elvire Popesco. C'était la première fois depuis cinq semaines que j'entendais le son de ma voix.

La phrase résonna dans le silence de la nuit et j'éclatai de rire. Je m'appuyai contre le dossier de mon siège, étirai les bras, je ne sentais plus mes épaules mais j'avais fini. J'allais pouvoir écrire le mot FIN, grâce à de Flers et à sa duchesse.

C'est alors que, tournant la tête à gauche, je vis le fantôme de Maurice allongé près de moi, les mains croisées sur sa poitrine. Je sursautai et faillis tomber à la renverse.

Mon père semblait dormir. Les fantômes dorment-ils ? J'avançai ma main, elle le traversa, c'était bien lui, je n'en revenais pas. Jamais je n'avais ressenti un tel moment de bonheur, de soulagement. Si j'avais pu le toucher je l'aurais pris dans mes bras, je l'aurais embrassé. J'avais réussi, grâce à cette phrase prononcée à voix haute, à libérer le fantôme de Maurice.

C'était merveilleux, il n'était plus enfermé, ni prisonnier de l'Institut, ni attaché à ce fauteuil. Il était libre d'aller et venir, de passer les saisons où bon lui semblerait dans tous les lieux qu'il aimait. L'été ici, l'hiver à Venise.

Maintenant, n'importe qui pouvait s'asseoir sur le fauteuil 32, cela n'avait plus aucune importance. Mais je pensai au professeur Laclotte et à Alexandre. Cette magie ne serait opérante que si j'allais jusqu'au bout, si j'envoyais le bon à tirer à l'imprimeur avant la fin de ce 29 mai, de sorte que le livre puisse être en librairie le 15 juin, la veille de la réception.

Simon Sonnay pouvait faire son éloge, ou ne pas le faire, parler d'un personnage de fiction ou d'un homme réel, tout cela n'avait plus aucune importance.

Je me levai et m'apprêtai à quitter la pièce. Sur le pas de la porte, je me retournai.

Maurice était assis à son bureau. La tête posée entre les mains il me regardait avec son éternel sourire.

J'entendis ces mots :

— Eh bien, tu vois, tu te débrouilles très bien toute seule.

FIN

TABLE

Achevé d'imprimer en mai 2011
sur les presses de la Nouvelle Imprimerie Laballery
58500 Clamecy
Dépôt légal : juin 2011
N° d'impression : 104347
Imprimé en France